파란 담요

푸른도서관 81

파란 담요

초판 발행/ 2019년 2월 20일

지은이/ 김정미
펴낸이/ 신형건
펴낸곳/ (주)푸른책들
등록/ 제321-2008-00155호
주소/ 서울특별시 서초구 양재천로7길 16 푸르니빌딩 (우)06754
전화/ 02-581-0334~5 팩스/ 02-582-0648
이메일/ prooni@prooni.com 홈페이지/ www.prooni.com
카페/ cafe.naver.com/prbm 블로그/ blog.naver.com/proonibook

글 ⓒ 김정미, 2019

ISBN 978-89-5798-632-5 03810

이 도서의 국립중앙도서관 출판시도서목록(CIP)은 서지정보유통지원시스템 홈페이지(http://seoji.nl.go.kr)와
국가자료공동목록시스템(http://www.nl.go.kr/kolisnet)에서 이용하실 수 있습니다.
(CIP제어번호: CIP2018042746)

(주)푸른책들은 도서 판매 수익금의 일부를 초록우산 어린이재단에 기부하여
어린이들을 위한 사랑 나눔에 동참합니다.

파란 담요

김정미 지음

푸른책들

|차례|

코딱지가 닮았다

다리가 아프다. 마음 같아서는 주저앉고 싶다. 이제 그만 쉬자고, 시원한 카페에서 달달한 생과일주스나 마시며 놀자고 말하고 싶지만 그럴 수 없다. 지금 함께 걷고 있는 이 사람은 엊그제 처음 본 친할머니니까. 한마디로 서먹서먹한 관계란 이 말씀!

"떠나요. 둘이서. 모든 것 훌훌 버리고. 제주도 푸른 밤 그 별 아래."

이어폰에서 부드러운 음악이 흘러나왔다. 절친 예진이가 보내 준 노래였다. 제주도 여행할 적에 들었던 노래라나 뭐라나.

"한지야. 있잖아, 난 여행할 때마다 여행지와 관련된 노래를 꼭 챙긴다? 낯선 곳에서 듣는 노래는 예전에 알던 그 곡이 아니야. 가슴이 막 터질 것 같으면서 꼭 연애하는 기분이 든다니까?"

예진이는 이렇게 말하며 까르르 웃었다. 한 마디를 해도 꼭 소녀답게 말해야만 직성이 풀리는 예진 아씨의 말을 그날따라 잠자코 들어 줬다. 왜냐고? 예진이의 말이 정말인 줄 알았으니까. 내 첫 번째 제주도 여행이 이렇게 진행될 줄은 전혀 예상하지 못했다.

나도 예진이처럼 바닷가에서 신나게 수영하고, 자연산 회 한 접시와 전복죽으로 배를 채웠다면 이 노래가 반가웠을 것이다. 하지만 지금은 아니다. 예진이의 안목을 무시하는 것은 아니지만 이 노래는 너무 낭만적이어서 땡볕에 있는 내게는 가혹하기만 하다. 날 약 올리기 위해 존재하는 달달한 음악 따위 개나 줘 버려!

"그동안 우리는 오랫동안 지쳤잖아요. 술집에 카페에 많은 사람에. 도시의 침묵보다는 바다의 속삭임이 좋아요."

결국 나는 못 참고 이어폰을 빼 버리고 말았다. 그리고 앞서 걷고 있는 할머니의 뒤통수를 말없이 째려봤다.

제주도에 도착하자마자 할머니는 세 시간째 올레길만 걷고 있다. 이런 게 무슨 여행이라고! 괜히 예진이에게 제주도에 간다고 말했나 보다.

"핫 플레이스니까 꼭 가 봐."

예진이가 보내 준 파일에는 전망 좋은 곳, 맛있는 음식점, 분위기 좋은 카페 등이 정성껏 적혀 있었다. 다섯 장이나 되는 리스트를 촌스럽게 프린트해서 보물단지처럼 껴안고 왔는데 다 망했다! 이대로라면 여행 내내 걷기만 할 것 같다. 리스트 중 한 군데도 가지 못했다고 말하면 예진이는 어떤 표정을 지을까?

'에이 씨!'

부글부글 끓어오르는 속을 가라앉히려고 애꿎은 돌을 발로 찼다. 아뿔싸! 돌이 풀쩍 날아오르더니 할머니 종아리에 맞아 떨어졌다. 개구리도 아니면서 뛰긴 왜 뛰어, 녀석아! 돌에게 아무리 화를 내 봐도 달라지는 건 없었다. 할머니는 이미 뒤돌아서서 스타킹을 살피고 있었으니까. 돌멩이에 손톱이라도 달렸던 걸까? 하필 스타킹에 동전만 한 구멍이 나고 말았다. 할머니가 나를 차갑게 쳐다보았다.

나는 뒤통수를 벅벅 긁으며 눈을 내리깔았다. 실수였다는 변명도, 죄송하다는 사과도 나오지 않았다. 할머니의 차가운 눈빛을 보면 어떤 말도 쏙 들어가고 만다. 저벅저벅, 할머니가 다시 걷는 소리가 들렸다. 그제야 나는 고개를 들어 할머니를 쳐다보았다. 약간의 거리를 유지한 채.

'그러게 스타킹이 웬 말이람?'

땡땡이 원피스에 챙 넓은 모자, 스타킹. 거기에다 선글라스까지. 지금 할머니는 땡볕이 아닌 유채꽃밭에 있어야 할 것 같은 차림새다. 고작 올레길이나 걸을 거면서 왜 저렇게 공들여 차려 입었는지 모르겠다.

올레길에 어울리지 않는 화려한 옷차림 탓에 지나가는 사람들 모두 한 번씩 할머니를, 아니 우리를 힐끔거린다. 저들 눈엔 나도 '한패'로 보일 뿐이니까.

할머니는 정말 나쁘다. 쉼 없이 걸어야 한다고 힌트라도 줬으면 트레이닝복에 운동화를 신고 왔을 거다. 지금 나는 블라우스, 미니스커트 차림에 샌들까지 신고 있다. 거기다 손바닥만 한 가죽 핸드백까지! 선글라스가 있었으면 얼굴이라도 가렸을 텐데. 할머니 때문에 이게 무슨 망신이람.

할머니는 이 여행을 가족이 된 기념으로 떠나는 여행이라고 말했다. 하지만 내 생각은 다르다. 이 여행은 신경전이다. 누가 더 센지 우열을 가리는 전쟁. 그리고 싱겁게도 여행 반나절 만에 결판이 나고 말았다. 승자는 할머니, 패자는 나.

약자는 강자의 눈치를 끊임없이 보는 법인데, 내가 바로 딱 그 꼴이다. 공항에서부터 아니, 솔직히 말하자면 할머니를 처음 본 날부터 그랬다. 웃지 않는 무표정한 얼굴로 내 눈을 들여다보는데 꼭 '얼음'이라도 한 것처럼 얼어붙고 말았다.

"밥 먹자."

막다른 길, 할머니가 멈춰 서더니 낡은 건물로 들어갔다.

"아, 넵!"

나는 꼭 군인처럼 크게 대답하며 할머니 꽁무니를 쫓았다.

'와, 반한지 너 뭐냐?'

내가 말해 놓고도 정말 폼 안 난다 싶었다. 나, 반한지로 말하자면 초등학교를 거쳐 중학교 3학년인 지금까지 어언 9년간 '반항기'라는 별명으로 이름을 알린 장본인 아니던가. 누구의 말이든 곧이곧대로 듣지 않고 꼭 따져 물어야만 직성이 풀렸던 내가 지금은 오이고추처럼 순하게 굴고 있으니 하늘이 놀랄 일이다. 반한지, 정신 차려! 어?

할머니를 따라 간 곳은 아주 작은 식당이었다. 간판도 작고 출입문도 작아서 나 혼자였다면 그냥 지나쳤을 평범한 식당이었다.

'손님도 별로 없을 것 같은데, 칫!'

툴툴거리며 식당 안으로 들어간 나는 깜짝 놀랐다. 테이블마다 사람들이 꽉 차 있었다.

나는 할머니 맞은편에 앉아 사람들을 둘러봤다. 모두들 행복한 표정으로 밥을 먹고 있었다. 그제야 안심이 됐다. 저런 얼굴로 밥을 먹는다는 건 맛이 아주 끝내준다는 뜻일 테니까.

벽에 커다란 메뉴판이 달려 있었다.

'전복죽, 전복뚝배기, 고등어구이, 갈치조림, 된장찌개, 보리밥 정식……'

하나하나 읽는데 절로 침이 넘어갔다.

"주문하시겠어요?"

때마침 종업원이 주문을 받으러 왔다. 망설일 필요도 없이 전복뚝배기다!

"전복……"

"보리밥 정식 둘이요!"

내가 말을 마치지도 않았는데 할머니가 선수를 쳤다. 고등어도 있고 갈치도 있는데 왜 하필 보리밥이람? 그리고 왜 나한테는 묻지도 않는담? 하나부터 열까지 도무지 마음에 들지 않았다.

시무룩한 얼굴로 할머니를 봤다. 그러자 할머니가 눈썹을 까닥했다. 할머니를 멀뚱히 바라만 보고 있자 할머니의 눈이 커지더니, 그 위에 달려 있는 짙은 눈썹이 두 번 '까닥까닥'했다. 저건 분명 무슨 신호를 보내는 거다. 하지만 난 모른다. 도저히 모르겠다! 그래서 그냥 입술을 삐죽 내밀고 말았다.

"휴."

할머니가 한숨을 푹 내쉬더니 이번엔 턱짓을 했다. 뾰족한 턱 끝을 따라가 보니 수저통이 있었다. 나는 얼떨결에 통을 열었다. 그러자 할머니가 눈을 감으며 고개를 끄덕였다. 그러니까 할머니의 턱짓은 나더러 젓가락과 숟가락을 놓으라는 명령이었다.

'말로 하면 되잖아, 쳇!'

또 마음속으로 툴툴댔다. 하지만 행동으로는 할머니가 시키는 대로 하고 있었다.

할머니는 밥이 나올 때까지 아무런 말도 하지 않았다. 가만히 휴대폰을 들여다볼 뿐이었다. 저럴 거면서 왜 나를 데리고 여기까지 온 건지 모르겠다. 할머니를 따라나서는 게 아니었는데…… 제주도에 온 게 후회가 되었다.

하지만 요리가 나오자 마음이 바뀌고 말았다. 찰기 없는 보리밥에 김치 하나만 달랑 나올 거라 생각했는데 엄청난 착각이었다. 전복이 들어간 된장찌개에 고등어구이, 젓갈, 내가 좋아하는 김까지.

반가운 마음에 수저를 들었다.

"손 먼저 닦고."

할머니가 물수건으로 손을 닦으며 말했다. 유별나다. 나더러 숟가락을 놓으라고 눈짓, 턱짓할 때는 가만있더니, 맛있는 밥이 나오니까 이런다. 날 괴롭히려는 게 분명하다.

나는 물수건으로 대충 손을 닦고 숟가락을 들었다. 맛있어서 눈물이 나오려고 했다. 일부러 깨작깨작 먹으며 할머니 속을 긁으려고 했는데 일단 휴전이다. 이렇게 맛있는 음식을 앞에 두고 깨작거리는 건 예의가 아니니까.

정신없이 먹다 보니 어느덧 밥 한 그릇을 다 비웠다. 하루 종일 눈치 보랴 말없이 걸으랴 피곤했던 몸이 단박에 충전됐다.

"입맛에 맞으세요?"

통통한 아주머니가 우리 테이블로 와서 물었다. 사장님인 모양이었다.

"네, 맛있어요. 여행 오면 손녀랑 꼭 오고 싶었어요."

할머니가 활짝 웃었다. 밥 한 끼의 힘이 이렇게 큰 것일까? 무뚝뚝한 할머니도 웃게 만들었으니 말이다. 할머니와 만난 지 3일 만에 처음으로 할머니의 미소를 봤다.

"어머나! 손녀라니. 딸이라고 해도 믿겠어요!"

아주머니가 호들갑을 떨었다. 그러자 할머니 입꼬리가 더욱 올라갔다.

나는 팔짱을 끼고 할머니를 유심히 관찰했다. 구불구불한 긴 머리에 고운 화장, 날씬한 몸. 친구들의 할머니와 조금 다른 모습이긴 했지만 그렇다고 내 엄마가 될 만큼 젊지는 않다. 가까이에서 보면 주름이 얼마나 쪼글쪼글한데 엄마라니! 아주머니가 좀 심했다. 가게에 손님이 많은 건 어쩌면 아주머니의 넉살 좋은 언변 때문인지도 몰랐다.

누가 보더라도 속 보이는 거짓말이었지만 할머니가 기분 좋아 보여서 다행이었다. 이제 그만 걷고 해수욕장에서 놀자고 졸라 봐야지.

우리는 아주머니의 배웅을 받으며 식당을 나섰다. 화장실에 다녀온 할머니는 생기 넘쳐 보였다. 할머니는 모자를 쓰고 다시 뚜벅뚜벅 말없이 걸었다. 설마 또 올레길을 걸으려는 건 아니겠지?

"할머니, 또…… 걸어요?"

용기 내어 말했다.

"왜, 싫으냐?"

할머니가 떫은 감을 씹은 것 같은 표정으로 말했다.

"당연히 싫죠. 이게 무슨 여행이에요. 가족 여행이면 해수욕장에서 수영도 하고, 팥빙수도 먹어야 하는 거 아니에요?"

내가 식당에서 먹은 건 밥이 아닌 용기였나 보다. 이렇게 말이 술술 나오다니.

"큼큼!"

할머니가 말문이 막히는지 헛기침을 했다. 오호라, 분위기가 슬슬 바뀌는 것 같다. 그래, 아직 승부는 진행 중이다!

"너 돈 있어? 없지? 내 돈으로 여행 왔지? 그러면 잠자코 따라 와."

할머니 입에서 '돈'이라는 말이 나왔다. 비겁하다. 나의 가장 큰 약점을 건드리다니.

"난 학생이니까 당연히 돈이 없죠!"

질세라 빽 소리쳤다. 그래, 난 학생이다. 그게 내 방패다.

"그럼 학교 그만두고 돈 벌어. 난 너 돈 버는 거 찬성이다!"

할머니는 이렇게 말하고 휙 돌아서 걸었다. 우리는 정말 상극이다. 고작 3일 본 게 다지만, 통하는 데가 한 군데도 없다. 앞으로 저런 사람과 함께 살아야 한다니. 차라리 보육원에서 사는 게 낫다.

"왜 뭐든 할머니 맘대로 해요? 아까 식당에서도 나한테 뭐 먹을 거냐고 묻지도 않고 보리밥 시켰잖아요!"

에라, 모르겠다. 나는 할머니 걸음을 바짝 따라잡으며 버럭버럭 소리 질렀다. 엄마에게 늘 그랬던 것처럼.

"맛있게 먹었으면 된 거 아니냐?"

할머니가 차분하게 말했다. 틀린 말은 아니었다. 하지만, 하지만! 할머니는 계속 멋대로다. 여행을 계획한 것도, 제주도로 정한 것도, 올레길을 걷는 것도, 보리밥을 시킨 것도.

"난 걷기 싫다고요! 더는 걷기 싫어요!"

발을 탕탕 구르며 소리쳤다. 갑자기 눈물이 삐져나왔다. 꼭 사기꾼한테 속은 기분이 들었다. 좋은 곳에 데려다준다고 해서 왔더니 감자밭이 끝없이 펼쳐져 있고, 밤새 감자를 캐는 것이 내 운명이었던 거다. 그런 상상을 하니 서러워서 울음이 터져 버렸다. 지금 내 편은 아무도 없다. 바람 하나 불지 않고 뜨거운 햇볕만 내리쬐는 제주도의 날씨마저 내 편이 아니다.

할머니가 팔짱을 끼고 못마땅한 눈초리로 나를 봤다. 그런 우리를 사람들이 흘끔거리며 지나갔다. 꼭 불구경하듯 고개를 빼꼼 내미는 사람들을 보니 더욱 화가 났다. 그래서 더 크게 울었다. 할머니가 미안하다고 사과하면 그때는 울음을 그칠 생각이었다.

하지만 할머니는 날 땡볕 아래 두고 나무 그늘을 찾아갔다. 그리고 나무 등치에 등을 기대더니 눈을 감았다. 내 울음소리 따윈 들리지 않는다는 듯 말이다. 그 모습을 보니 눈물이 쏙 들어갔다.

약이 바짝 오른 나는 씩씩거리며 재빨리 걸어 나갔다. 할머니를 지나치고, 날 구경하던 사람들을 지나쳐서 앞으로 앞으로 계속 걸었다.

'누가 이기나 두고 보자! 이까짓 것 못 걸을 줄 알고? 내가 할머니보다 더 젊거든?'

전속력을 다해 걸었다. 할머니가 나를 따라오고 있는지 궁금했지만 뒤돌아보지 않았다. 휑한 밭을 지나, 작은 골목을 지나, 바다가 보이는 마을에 도착했을 때였다. 갑자기 종아리가 아팠다. 감전된 듯 찌릿찌릿해서 도무지 움직일 수가 없었다.

"아얏!"

결국 그 자리에 주저앉고 말았다.

"그러게, 누가 무리하래?"

할머니였다. 내 뒤를 바짝 쫓았는지 기어코 이렇게 나타나

날 약올린다.

"신경 쓰지 마요!"

종아리를 움켜쥐며 할머니를 째려봤다.

"여기로 와."

할머니가 가까운 정자에 앉아 나를 불렀다. 나는 고개를 휙 돌렸다. 이번만큼은 할머니가 하란 대로 하기 싫었다. 그래서 아픈데도 꾹 참았다.

"너 쥐 났어. 지금 안 풀면 수영도 못해."

뭐? 수영? 갑자기 귀가 번쩍 뜨였다. 그럼 그렇지! 제주에 왔으면 수영은 해야지. 나는 못 이긴 척 일어나서 한 발로 콩콩 뛰어 정자로 갔다.

할머니가 먹다 남은 생수를 내게 건넸다. 내가 물을 마시는 사이, 할머니가 내 샌들을 벗기더니 발을 주물렀다.

"네 고집은 꼭 아빠를 닮았다."

할머니가 툭 내뱉었다.

"난 아빠 몰라요."

어느새 할머니 말투에 적응된 걸까? 나도 껌을 뱉듯 툭 대답했다.

정말 나는 아빠를 모른다. 아빠는 내가 아주 어릴 적에 돌아가셨으니까. 그리고 이젠 엄마마저 없다.

"엄지발가락이 뭉툭한 게 꼭 아빠를 닮았구나."

할머니가 이번에는 내 종아리를 주무르며 말했다.

"왜 자꾸 아빠 이야기를 꺼내는 거예요? 듣기 싫다고요!"

버럭 화를 냈다. 한 번도 본 적 없는 할머니가 나타나서는 자기 아들이랑 나랑 닮았다고 한다. 나는 아빠도 모르지만 할머니도 모른다. 그런데 이제 와서 아는 척이다. 이런 사람과는 더는 살 수 없을 것 같다.

"얼굴은 엄마 닮아 예쁘장한데 말버릇은 꼭 친가야."

내가 화내는데도 할머니는 아랑곳하지 않고 말했다. 마치 나를 약 올리려고 작정한 사람 같았다.

맞다. 할머니 말처럼 나는 엄마의 생김새를 쏙 빼닮았다. 타원형 얼굴에 축 처진 눈썹, 홑꺼풀 눈, 하얀 피부.

"아이고, 엄마 판박이네!"

어릴 적부터 지겹게 들은 이야기다. 하지만 내 눈에 엄마는 나와 전혀 다른 사람이었다. 그러다 엄마의 어릴 적 사진을 보고 고개를 끄덕이고 말았다. 사진 속 엄마는 틀림없는 나였다.

하지만 우리의 공통점은 그게 다였다. 엄마와 나는 얼굴만 닮았지 성격도, 좋아하는 것도, 취미도 다 달랐다. 또, 내가 타고난 건강 체질이라면 엄마는 그 반대였다. 함께 찬바람을 쐬어도 엄마만 꼭 감기에 걸렸으니까. 엄마는 끙끙 앓을 때마다 아빠를 찾았다. 우리를 버리고 세상을 떠난 아빠를.

"청승 좀 그만 떨어! 꼴 보기 싫으니까."

엄마가 너무 한심해 나는 일부러 가시 박힌 말만 했다. 언제부터인가 양심의 가책도 느끼지 않았다. 그래서였을까. 엄마의 속은 썩어 문드러지고 있었다. 밥을 먹을 때마다 헛구역질을 하던 엄마는 병원에서 위암 진단을 받았고 그 후 일 년도 지나지 않아 하늘나라로 떠나고 말았다.

　그건 나에게도 충격이었다. 엄마는 자주 아팠고, 금방 나았다. 나는 이번에도 엄마가 금방 털고 일어설 거라 생각했다. 하지만 엄마의 건강은 날이 갈수록 더욱 안 좋아지기만 했다. 나는 엄마가 병마와 싸우는 그 순간에도 어떤 위로의 말도 건네지 않았다. 아니…… 못했다. 힘내세요, 다 잘될 거예요. 이런 말들 대신 그저 일관되게 툴툴거릴 뿐이었다.

　그리고 결국 혼자가 됐다. 아빠의 가족들과는 소식이 끊긴 지 오래였던 나와 엄마에게 남은 가족이라고는 이모밖에 없었다. 하지만 이모는 내가 엄마에게 얼마나 못되게 굴었는지 잘 알고 있다며 두 번 다시 내 얼굴을 보고 싶지 않다고 했다. 그렇게 나는 길거리에 버려진 고양이처럼 동네 보육원으로 넘겨질 신세가 되었다. 장례식장에 할머니가 나타나 불쑥 손을 내밀지 않았다면.

　"반갑다."

　검은색 트렌치코트를 걸치고 하얀 진주 장식이 달린 구두를 신은 할머니는 세련되고 도도했다. 두툼한 할머니의 손을 잡는 순간 나는 깨달았다. 이 손이 날 붙잡아 줄 동아줄이라는 것을.

　사실 난 버림받는 게 무척 두려웠다. 그래서 할머니 말이라면 곧이곧대로 따랐다. 착한 아이여야만 나를 버리지 않을 것 같았다.

　하지만 이번 여행에서 깨달았다. 할머니와 함께 살았다가는 내가 엄마처럼 되고 말 것이라는 걸. 할머니는 내 생각 따위는 안중에도 없는 데다, 심지어 나를 좋아하지도 않는 것 같다.

"이제 좀 괜찮지? 잠깐 쉬었다가 숙소 잡자. 해도 곧 떨어질 것 같고, 밤바다도 멋있을 것 같고."

할머니가 정자에 벌러덩 드러누웠다. 머리끝까지 화나게 만들 땐 언제고 이렇게 천연덕스럽게 굴다니. 정말 할머니와 나는 맞는 구석이 하나도 없다. 함께 살았다가는 분명 원수가 되고 말 거다. 그리고 어쩌면…… 내가 먼저 할머니에게 버림받을지도 모른다. 할머니는 엄마처럼 내 모든 걸 받아 줄 성격이 아니니까. 그런 생각을 하니 이 여행이, 내 삶이 지긋지긋하게 느껴졌다.

"나 할머니랑 살기 싫어요."

새파란 바다에 시선을 던진 채 말했다. 파도가 날 삼키는 상상을 하며.

"그럼 어쩌려고?"

"보육원에서 살아야죠. 아빠도 그랬는데 나라고 못할까 봐요?"

할머니는 말이 없었다. 파도 소리만 조용히 울려 퍼졌다.

"그땐 나도 어렸어. 그래서 힘들었고. 나중에는 면목이 없었고."

할머니가 뒤늦게 입을 뗐다. 어렸다, 힘들었다, 면목이 없었다……. 할머니가 그 말들을 어떤 뜻으로 이야기하는 건지 선뜻 쉽게 이해가 되지 않았다.

"긴 세월을 후회했어. 이젠 후회하고 싶지 않아."

할머니는 정말 제멋대로다. 아리송한 말들을 마음 내키는 대로 내뱉는다.

"너랑 살고 싶어서 왔어. 나는 너 보는 순간 마음에 들었는데, 넌 내가 싫은가 보구나?"

할머니가 대뜸 물었다. 아까보다는 명확한 말들이어서 이해하기 쉬웠다.

나는 뜸을 들이다 고개를 끄덕였다. 할머니랑 살면 몹시 피곤할 것 같다. 또 잔소리도 엄청 들을 것 같다. 그런데도 웃음이 입가를 비집고 나오는 이유를 모르겠다.

"그럼 여행 끝날 때까지 고민해 봐. 나 싫다는 사람, 안 잡는다."

할머니는 이렇게 말하며 몸을 일으켰다. 나는 왠지 멋쩍어서 할머니 얼굴을 볼 수 없었다.

저 멀리서 바람이 훅 불어왔다. 바람에 바다가 묻어 짭쪼름한 향기가 났다. 콧속이 근질거려서 하는 수 없이 새끼손가락을 콧구멍에 넣었다. 할머니가 이런 날 본다면 여자아이가 코를 판다며 더럽다고 잔소리할지도 모른다. 그래서 나는 몰래 몰래 코를 파고, 몰래 몰래 코딱지를 튕겼다.

"파도 소리 좋다!"

할머니가 노래하듯 말했다. 나는 곁눈질로 흘끔 할머니를 봤다. 그런데 할머니의 손가락 하나가 콧구멍 속에 들어가 있었다.

"푸하하하, 푸하하하!"

웃음이 나왔다. 멈출 수가 없었다. 그런 나를 할머니가 멀뚱히 쳐다봤다.

"코 파는 거 처음 보냐?"

할머니는 이렇게 말하고, 콧구멍에서 코딱지를 꺼내더니 저 멀리 튕겼다. 방금 내 코에서 나온 녀석과 똑 닮은 노랗고 단단한 코딱지다. 정말 강적이다, 강적.

그 순간, 왜 노래가 떠올랐는지 모르겠다. 나는 아까 신경질 내며 꺼 버린 그 노래를 다시 틀었다.

"정말로 그대가 외롭다고 느껴진다면 떠나요. 제주도 푸른 밤 하늘 아래로."

할머니는 놀란 기색도 없이 자연스레 콧노래를 흥얼거렸다. 나는 코딱지를 튕기다가 우아하게 콧노래 부르는 할머니를 한참 바라봤다. 그리고 나도 콧노래로 화음을 맞췄다.

갑자기 할머니와의 여행이 조금, 아주 조금 재밌어지려고 한다.

스키니진 길들이기

학원에서 수업을 듣는데 배에서 자꾸 소리가 났다. 처음엔 '꼬르륵' 하고 귀엽게 울려 대던 배꼽시계가 시간이 갈수록 '꾸룩꾸룩' 신경질을 부렸다. 그 소리가 꼭 시골 할머니 댁에서 듣던 황소개구리 울음소리와 비슷했다.

"여기에 배고픈 짐승 한 마리가 앉아 있나 보구나. 수업 시작 전에 꼭 밥 챙겨 먹도록!"

늙수그레한 영어 선생님이 집게손가락으로 안경을 쓱 올리며 말했다. 그 틈을 놓치지 않고 공부 벌레들이 게슴츠레한 눈으로 교실을 훑었다. 소리의 근원지를 찾으면 사정없이 째려봐 주겠다는 듯이!

난 고개를 빳빳이 들고 '아무것도 몰라요.' 하는 표정으로 의심의 눈초리를 피했다. 혼자 앉아 있어서 다행이다. 짝이 있었다면 모든 게 들통났을 거다. 생각만 해도 아찔했다. 내 배에

황소개구리가 살고 있단 소문이라도 나면 큰일이다! 윤호 귀에도 들어가고 말 테니까.

오늘 저녁으로 삶은 달걀 한 개와 토마토 한 개를 먹었다. 평소의 식사량과 비교하면 어른이 분유 먹는 수준이다. 학원 오는 길에 길거리 떡볶이가 온몸에 고추장을 치대며 유혹했지만 넘어가지 않았다. 손바닥으로 배를 살살 문지르며 요동치는 위장에게 미안하단 사과도 했다. 그런데도 이 난리다.

'조용히 좀 해. 탄수화물이 필요하면 허벅지한테 빌리든가.'

위장에게 몇 차례 협박을 가했다. 그러자 조금 잠잠해졌다.

쉬는 시간, 정신을 차려 보니 편의점이었다. 내 손엔 아몬드 초콜릿이 쥐어 있었다. 아아, 내가 사랑하는 아몬드 초콜릿!

'정신 차려, 이송희! 조금만 더 참으면 돼!'

눈물을 머금고 초콜릿을 제자리에 갖다 놓았다. 그 대신 녹차를 사서 편의점을 쪼르르 빠져나왔다. 이제 나흘만 지나면 수련회다. 여기서 포기하면 그동안 고생은 말짱 도루묵이 된다. 며칠만, 딱 며칠만 버텨 보자!

집에 오자마자 체중계에 올라섰다. 56킬로그램이었다. 오늘 아침에 쟀을 때보다 500그램이나 빠졌다. 야호! 나는 방으로 뛰어가서 스키니진을 꺼내 입었다. 그런데…… 지퍼가 잠기지 않는다. 허벅지 살이 울퉁불퉁 튀어나왔다.

'그래도 엉덩이까지 들어간 게 어디야.'

난 이렇게 위안을 했다. 지난주에 입었을 땐 엉덩이에 걸려서 꼼짝도 안했다. 그런데 지금은 들어간다. 스키니진이 잘 맞으려면 아직 멀었지만 그래도 희망이 보인다. 돌돌 말린 스키니진을 예쁘게 펴서 옷걸이에 걸었다. 분홍색 스키니진 위로 윤호의 얼굴이 겹쳐졌다. 나는 침대에 누워 윤호를 생각했다. 짙은 눈썹, 오똑한 코, 웃을 때 살포시 생기는 보조개. 보면 볼수록 정말 멋진 내 남자 친구!

내가 이렇게 다이어트에 목숨을 거는 건 윤호 때문이다. 지난주 열다섯 번째 내 생일에 윤호와 피자 전문점에서 데이트를 했다. 메뉴판을 볼 필요도 없이 치즈와 베이컨이 잔뜩 들어 있는 피자를 주문했다. 맛이 끝내줬다. 다섯 조각은 거뜬히 먹을 수 있었지만 윤호가 있어서 세 조각만 먹었다. 물수건으로 손을 닦는데 윤호가 선물 꾸러미를 내밀었다.

"와! 이게 뭐야?"

난 한껏 수줍은 표정으로 선물을 받았다. 마음 같아선 포장지를 박박 찢어서 내용물을 확인하고 싶었지만 교양 없는 여자 친구가 되고 싶지 않았다.

"확인해 봐."

나는 찬찬히 선물 포장지를 뜯었다. 가슴이 쿵쾅거렸다. 포장지에 곱게 싸여 있는 건 스키니진이었다! 아이돌 그룹 '여인천하' 멤버들이 즐겨 입는 컬러풀한 스키니진.

"와! 예쁘다. 고마워."

스키니진을 가슴에 꼭 안으며 말했다.

"어휴, 다행이다. 선물 고르는 거 정말 어렵더라. 너한테 잘 어울릴 것 같아!"

"정말 마음에 들어! 수련회에 입고 가야겠어. 애들한테 자랑 좀 하게."

나는 최대한 귀엽게 웃으며 말했다. 이 말 때문에 무슨 일이 벌어질지 모른 채.

윤호가 환하게 웃으며 피자를 한 입 베어 물자 치즈가 쭈욱 늘어났다.

'스키니진도 치즈처럼 늘어나면 얼마나 좋을까!'

그날 저녁 집에서 백 번 넘게 한 생각이다.

윤호에게 스키니진을 선물 받았을 땐 마냥 좋기만 했다. 그런데 집에 오자마자 비명을 지르고 말았다. 사이즈가 S였던 것이다. 허벅지에 걸려 아예 올라가지도 않는 걸 보니 초특급 S인 게 분명했다. 남자들은 여자들의 치수를 실제보다 훨씬 작게 본다고 언니가 그랬다. 윤호도 내 사이즈가 M이라고는 꿈에도 생각하지 못할 것이다. 이걸 어쩌지? 교환을 해야 하나? 하지만 내겐 영수증이 없다! 정말 미치고 팔짝 뛸 노릇이었다. 그렇게 난 해병대 체험보다도 더 혹독하다는 단기간 다이어트에 돌입했다.

전날 먹은 게 별로 없어서인지 아침부터 엄청 배가 고팠다. 부엌에서 김치찌개 냄새가 솔솔 풍겼다. 김치찌개에 뜨끈뜨끈한 밥을 비벼서 먹고 싶었다. 꿀꺽, 절로 침이 넘어갔다. 하지만 결국 아침으로 삶은 달걀과 우유를 먹었다. 밥은 점심에 학교에서 먹으면 된다.

달걀 껍데기를 정성껏 벗기고 있는데 언니가 시비를 걸었다.

"너 그렇게 먹다가 난쟁이 똥자루 된다?"

이렇게 말하곤 뭐가 재밌는지 낄낄 웃어 댔다.

"신경 끄셔!"

나는 가자미눈을 하고 언니를 째려봤다. 교복 치마 아래로 드러난 언니의 마른 다리를 보니 짜증이 솟구쳤다. 언니를 볼 때마다 세상이 불공평하다는 생각이 든다. 우린 자매인데도 생김새가 다르다. 통통한 나와 달리 언니는 말랐다. 나는 아빠를 닮고 언닌 엄마를 닮아서 그렇다. 내가 언니보다 우월한 건 '키'와 '덩치'밖에 없었다. 하지만 언니는 고등학생이 되더니 키마저도 날 앞지르고 말았다. 도대체 왜 옆으론 안 벌어지는지 모르겠다. 고3이 되면 누구나 살이 엄청 찐다는데, 그때 한꺼번에 복수할 거다. 맨날 언니에게 '뚱땡이'라고 놀려 줘야지!

학교에 가는 내내 힘이 없었다. 어깨가 절로 축 쳐졌다.

교실에 들어갔더니 단짝 민정이가 날 반겼다.

"어디 아파?"

"아, 몰라! 아침부터 언니가 시비 걸잖아."

언니 생각을 하니까 속에서 열불이 났다.

"그나저나 너…… 오늘따라 해쓱해 보인다?"

"정말, 정말?"

민정이에게 얼굴을 들이밀며 물었다.

"그럴 리가 있냐? 보름달 이송희가!"

민정이가 혓바닥을 쏙 내밀었다. 다른 날 같으면 장난이라 여겼을 텐데 오늘은 그럴 기분이 아니다. 그래서 톡 쏘아붙이고 말았다.

"야! 너무 심하잖아!"

"뭘 이거 갖고 그래. 너 요즘 예민한 거 알아?"

난 아무런 말도 하지 않았다. 거기서 멈췄으면 좋았으련만 민정이는 기어코 잠자는 사자의 코털을 건들고 말았다.

"가만 보면 윤호가 너보다 한 수 위야. 널 분홍색 스키니진이 어울리는 여자 친구로 길들이고 있잖아. 너 그러다 성격만 나빠진다? 얼른 다이어트 포기하시지!"

나는 그만 폭발하고 말았다. 민정이의 똑 부러지는 말투가 오늘따라 고깝게 들렸다.

"윤호에 대해서 뭘 안다고 그렇게 말해? 혹시 나 살 빠져서 질투하는 거야? 억울하면 너도 살 빼. 날씬하면 남자한테 차이지도 않고 좋잖아!"

말이 나오는 대로 마구 내뱉었다. 민정이의 얼굴이 일그러졌다. 으악, 내가 대체 뭐라고 한 거야? 비겁하게 민정이의 상처까지 들먹이다니.

지난겨울 민정이는 같은 교회에 다니는 오빠한테 고백했다가 보기 좋게 차였다. 여자 같지 않고 동생 같다는 게 그 이유였지만 민정이는 자기가 통통해서 차인 거라며 슬퍼했다. 나는 절대 아니라고 민정이를 다독였다. 하지만 마음속으로는 그럴지도 모른다는 생각을 하고 있었다.

"너 진짜 최악이다!"

민정이는 이렇게 말하곤 교실에서 나가 버렸다.

'뭐? 최악?'

얼굴에 열이 확 올랐다. 방귀 뀐 놈이 성낸다고, 자기가 먼저 잘못해 놓고 저런다. '보름달'이라는 말만 꺼내지 않았어도 이런 일은 없었을 거다. 그러게 왜 내 성질을 건드리냐고! 아침부터 되는 일이 하나도 없었다. 만사가 귀찮았다. 책상에 엎드려 눈을 꾹 감았다. 그때 휴대폰 메시지가 왔다. 윤호였다.

나 지금 계단! 잠깐만 나와 봐.

정신이 번쩍 났다. 손거울로 얼굴을 살폈다. 입술이 파리했다. 나는 교복 주머니에서 체리 향 립글로스를 꺼내 발랐다. 입술에서 반질반질 빛이 났다.

복도 끝 계단으로 갔더니 윤호가 날 보고 손을 흔들었다.

"자, 받아! 너 이거 좋아하잖아. 어제 샀어."

윤호가 작은 상자 하나를 내밀었다. 아몬드 초콜릿이었다. 어제 편의점에서 모른 척 외면했던 바로 그 초콜릿! 윤호는 참 섬세하다. 여자 친구가 뭘 좋아하는지 기억해 두었다가 이렇게 챙겨 주는 남자는 윤호밖에 없을 것이다. 하긴 윤호에게 반한 것도 이런 세심함 때문이었다.

지난해 독서 동아리 활동을 하면서 윤호를 만났다. 윤호는 옆 반이었는데 책을 좋아하고 생각도 깊었다. 거기에다 얼굴까지 잘생겨서 인기가 많았다. 어쩐 일인지 윤호는 내가 덜렁대며 흘리는 물건을 늘 챙겨 주곤 했다. 그리고 첫눈 오던 날 나는 윤호에게 고백을 받았다. 윤호는 내게 장미꽃을 주면서 사귀고 싶다고 했다. 나는 당연히 '오케이' 했다.

나는 윤호에게 받은 초콜릿을 보란 듯이 흔들며 교실로 들어갔다. 다른 날 같으면 민정이가 달려와서 꼬치꼬치 물었을 텐데 오늘은 거들떠보지도 않았다. 그날 민정이는 하루 종일 말이 없었다. 내가 먼저 말을 걸어 볼까 했지만 '최악'이라는 말이 뱅뱅 맴돌아서 그만두었다.

수업이 다 끝났다. 나는 책상 서랍에 넣어 둔 초콜릿을 만지작거렸다. 민정이가 말을 걸면 하굣길에 초콜릿을 나눠 먹을 생각이었다. 그런데 민정이는 나를 본체만체하고 다른 아이들과 교실 뒷문으로 나가 버렸다. 눈물이 나올 것 같았다.

'고민정, 너랑 절교야!'

마음속으로 이렇게 외치며 교실을 나섰다.

민정이랑 다툰 적은 많았지만 이런 경우는 처음이다. 그동안 민정이랑 싸울 때마다 민정이가 먼저 말을 걸어왔다. 그러면 난 못 이기는 척 대답했고, 그렇게 화해하곤 했다. 하지만 오늘은 아니었다. 기분이 울적했다. 기운도 없고 머리도 지끈거렸다. 그래서 학원을 빼먹고 집으로 갔다. 조금만 쉬려고 누웠는데 까무룩 잠이 들고 말았다. 일어났을 땐 엄마가 집에 있었다. 과일 가게에 손님이 없어서 아빠만 남겨 두고 먼저 집에 들어왔단다.

"너 이 시간에 왜 집에 있어?"

"몸이 안 좋아서…… 엄마, 내일 고구마 쪄 줘."

"웬 고구마?"

"먹고 싶어서 그러지!"

나는 인상을 쓰며 소파에 풀썩 주저앉았다.

"너 요즘 부쩍 짜증이 늘었어. 다이어트 하는 게 무슨 벼슬이야? 그렇게 안 먹으니까 당연히 몸이 안 좋지!"

엄마가 팔짱을 끼고 못마땅한 얼굴로 날 내려다봤다. 내가 아무런 대답도 하지 않자 엄마는 한마디 덧붙였다.

"지금도 딱 보기 좋은데 왜 사서 고생을 해!"

"엄마한테만 딱 좋아 보이는 거지!"

나는 버럭 화를 내고 방으로 들어갔다. 엄마가 내 등에 대고 뭐라고 말을 했지만 대꾸하지 않았다. 어른들은 늘 내게 '딱 보기 좋다.'고 말한다. 그러나 언니에게는 '날씬하다.'고 칭찬한다. 나는 알고 있다. 보기 좋다는 게 통통하다는 뜻이란 걸.

나는 전신 거울 앞에 섰다. 팔과 종아리는 그런대로 봐줄 만하다. 문제는 엉덩이랑 허벅지다. 내가 봐도 보기 흉한데 남들은 오죽할까? 거울을 보니까 푹 한숨이 났다. 나는 침대에 벌러덩 누워 버렸다. 갑자기 민정이 얼굴이 떠올랐다. 마음이 무거워졌다.

'내일모레가 수련회인데 어쩌지?'

민정이랑 일요일에 수련회 갈 때 입을 티셔츠를 사러 가기로 했었다. 분홍색 스키니진에 잘 어울리는 예쁜 티셔츠를 고를 생각이었다. 수련회는 교복에서 벗어날 수 있는 절호의 기회다. 초등학생 때는 교복 입은 언니들이 예뻐 보였는데 벌써부터 지겹다. 그래서 교복을 벗을 수 있는 수련회만 손꼽아 기다렸다.

민정이 없이 혼자 쇼핑할 생각을 하니 기분이 우울했다. 언니와 같이 갈까도 생각해 봤지만 혼자 가는 게 낫겠다는 결론을 내렸다. 분명 언니는 내 앞에서 이 옷 저 옷 입어 보며 속을 뒤집어 놓을 테니까! 민정이에게 문자를 보내려다 말았다. 다른 아이들과 쌩하니 교실을 나가던 모습이 자꾸 떠올랐다. 나는 신경질을 내며 이불을 머리끝까지 끌어올렸다.

눈을 뜨니 아침이었다. 힘은 없지만 기분은 상쾌했다. 몸이 한결 가벼워진 것 같았다. 후다닥 거실로 나가 체중계에 올라섰다. 맙소사! 55킬로그램이었다. 어제 저녁밥을 먹지 않은 게 효과가 있었다. 나는 제자리에서 폴짝폴짝 뛰었다. 이젠 지퍼가 잘 잠기겠지?

방 안으로 들어간 나는 그만 비명을 지르고 말았다. 옷장에 걸려 있어야 할 스키니진이 감쪽같이 사라진 것이다.

"무슨 일이야?"

아빠가 욕실에서 달려 나왔다. 수염을 깎다 말았는지 턱 반쪽이 거무스름했다.

"바지가 없어졌어!"

내 말에 아빠는 영문을 모르겠단 표정이었다.

도대체 멀쩡하던 바지가 어디로 사라진 걸까? 혹시……?

"언니 일어났어?"

"아까 약속 있다고 나가던데."

"뭐? 무슨 색 바지 입고 나갔어?"

"음…… 가만 보자. 분홍색……."

아빠 말이 끝나기도 전에 나는 방으로 달려갔다. 감히 내 스키니진을 몰래 입고 가다니! 언니가 아니라 원수다. 나는 언니에게 전화했다. 하지만 언니는 전화를 받지 않았다. 하는 수 없이 문자를 보냈다.

내 바지 입고 갔어?

답장이 없다. 문자를 씹는 건 언니의 특기였다. 난 언니를 자극하기로 했다. 답장을 보내지 않곤 못 버티게끔!

이 도둑놈아! 내 바지 당장 내놔. 선물 받은 거라고!

한참 뒤에 문자가 왔다.

S 사이즈를 니가 어떻게 입냐? 메롱!

더 이상 참을 수 없었다. '눈에는 눈, 이에는 이' 작전을 펼치기로 했다. 언니 방에 몰래 잠입해 언니가 가장 아끼는 물건을 망가뜨리는 거다. 나는 언니 방으로 저벅저벅 걸어갔다. 그러고는 힘껏 문고리를 돌렸다. 하지만 아무리 돌려도 문이 열리지 않았다. 치사하게 방문을 잠그고 나간 것이다.
"아빠! 언니 방 비상 열쇠 없어? 지금 당장 열어야 해!"
다급한 목소리로 아빠에게 도움을 청했다.

"없는데……."

아빠가 고개를 흔들며 말했다.

난 그대로 바닥에 털썩 주저앉았다. 그러고는 서글프게 엉엉 울었다.

엄마가 날 보며 인상을 썼다.

"아침부터 왜 그래? 어?"

"언니가 내 바지 입고 갔단 말이야. 나한테 허락도 안 받고!"

"으이구, 언니가 동생 바지 입는 게 뭐 어때서 울고 난리야?"

엄마가 팔짱을 끼고 한심하다는 듯 날 내려다봤다. 엄만 맨날 언니 편이다. 언니가 나보다 공부를 조금 더 잘하고 조금 더 날씬하다고 차별하는 건가? 흥!

"준희 이 녀석 혼내 줘야지. 왜 동생 바지를 몰래 입고 가? 빌린 것도 아니고."

역시 아빠밖에 없다. 팔은 안으로 굽는다더니! 엄마가 언니 편을 드는 것처럼 아빠도 내 편을 든다. 이럴 땐 아빠를 닮은 게 참 좋다.

나는 자리에서 일어나 씩씩하게 눈물을 닦았다. 그러고는 언니에게 재빨리 문자를 보냈다.

너 이따 죽었다. 아빠가 가만 안 두겠대!

아마 겁 좀 먹었을 거다. 앞으로 내가 언니라고 부르나 봐라.

그날 저녁 이준희는 현관문을 열고 살금살금 집으로 들어왔다. 나한테 겨우 들어갔던 스키니진이 잘 맞는 걸 보니 부글부글 화가 끓었다.

"바지 당장 벗어!"

내가 꽥 소리를 질렀다. 그 바람에 엄마 아빠가 거실로 나왔다. 이준희가 나를 잡아먹을 듯 째려봤다.

"송희한테 바지 돌려주고 안방으로 좀 와라."

아빠가 허리에 손을 짚고 이준희에게 말했다.

아빠 말에 이준희는 고개를 푹 떨구고 힘없이 방으로 들어갔다. 그 모습이 패잔병처럼 쓸쓸해 보였지만 난 알고 있다. 불쌍한 척 연기하고 있다는 걸! 아니나 다를까, 잠시 후 이준희는 내 방문을 열고 스키니진을 홱 던졌다. 스키니진이 내 얼굴에 맞고 바닥으로 떨어졌다. 정말 못됐다, 못됐어! 나는 복수의 이를 갈며 스키니진을 샅샅이 살폈다. 어디서 뒹굴다 왔는지 엉덩이와 바짓단이 더러웠다.

나는 조심스레 스키니진을 입어 봤다. 허리가 잘 잠겼다. 이준희가 조금 늘려 놔서 그런 것 같았다. 스키니진 입은 내 모습을 찬찬히 거울에 비춰 봤다. 예뻤다. 이 감격적인 모습을 휴대폰 사진으로 남겼다.

그때 엄마가 방문을 두드렸다.

"바지 안 빨 거야? 얼른 세탁기에 넣어라!"

나는 스키니진을 벗어 세탁기에 넣었다. 내일이면 뽀송뽀송 예쁘게 마를 것이다. 스키니진을 입은 내 모습을 보고 윤호는 어떤 표정을 지을까? 상상만 해도 설렌다.

다음 날 결국 혼자서 티셔츠를 사러 갔다. 문구점에 갈 때도 서점에 갈 때도 늘 민정이와 함께였다. 이렇게 혼자 뭘 사러 가는 건 참 오랜만이다. 나는 쇼핑몰에서 티셔츠를 구경했다. 마음에 드는 건 너무 비쌌고 저렴한 건 촌티가 났다. 한 시간 가까이 돌아다닌 뒤에야 마음에 드는 티셔츠를 골랐다. 하얀색 바탕에 분홍색 하트가 그려진 티셔츠였다. 하트 부분이 반짝거리는 재질로 되어 있고 허리 부분이 잘록해서 보면 볼수록 세련돼 보였다. 가격도 지갑에 있는 비상금과 딱 맞았다.

집으로 가는 내내 발걸음이 무척 가벼웠다. 나는 쇼핑백을 신나게 흔들며 집으로 향했다. 어서 빨리 스키니진에 티셔츠를 입어 보고 싶었다.

방에는 스키니진이 곱게 개어져 있었다. 나는 콧노래를 부르며 스키니진을 펼쳤다.

"으악, 이게 뭐야!"

믿을 수 없었다. 지금 내 앞에 있는 건 스키니진이 아니라 오징어 구이였다. 마구 뒤틀리고 쪼그라든 모양새가 심상치 않았다. 나는 스키니진을 몇 번이고 털었다. 하지만 원래대로 돌아오지 않았다.

'입으면 늘어날 거야.'

심호흡을 하고 다리를 집어넣었다. 그런데 바지가 허벅지에 걸려 올라가지 않았다. 이럴 수가. 이건 말도 안 된다. 이래선 안 된다!

나는 스키니진을 들고 엄마에게 달려갔다.

"이렇게 쪼그라든 걸 보니 바지 재질이 엉망이네."

엄마의 말은 눈곱만큼도 위로가 되지 않았다. 윤호가 나한테 질 나쁜 바지를 선물할 리가 없다. 엄마가 스키니진을 두 손으로 잡고 늘려 보았다. 그리고 진지한 표정으로 늘렸다 멈추기를 반복했다.

"이제 잘 들어갈 거야. 입어 봐."

내가 보기엔 여전히 쪼글쪼글했다. 내 몸도 덩달아 쪼그라들면 좋으련만. 눈물이 쏙 비어져 나왔다.

나는 방으로 뛰어 들어가 호흡을 가다듬었다.

'무조건 입어야 해!'

허리는 잠기지 않아도 좋으니 제발 엉덩이까지만이라도 올라갔으면 좋겠다. 숨을 멈추고 바지를 추켜올렸다. 아무리 힘을 줘도 올라가지 않았다. 나는 침대에 앉아 오른쪽 왼쪽 번갈아 가며 바지를 올렸다. 그러자 허벅지 중간까지 올라왔다. 이번엔 조심스럽게 자리에서 일어났다. 나는 심호흡을 한 뒤에 스키니진을 힘껏 추켜올렸다. 하지만 꼼짝하지 않았다. 아무리 힘을 줘도 소용없었다. 절로 힘이 쭉 빠졌다.

나는 바지를 꼭 붙잡고 의자에 앉았다. 하늘색 벽지에 윤호 얼굴이 떠올랐다. 평소엔 윤호만 생각하면 기뻤는데 오늘은 아니었다. 왜 이렇게 쫀쫀한 스키니진을 나한테 준 거냐고 따지고 싶었다.

'사기 전에 사이즈를 먼저 물어봐야 하는 게 매너 아닌가? 그렇다고 내가 순순히 말해 주지도 않았겠지만. 그리고 보면 윤호

는 참 눈치가 없어. 내가 다이어트 하는 걸 알면서도 초콜릿을 선물하지 않나!'

갑자기 괘씸한 생각이 들었다. 민정이 말대로 윤호가 조금씩 날 길들이는 것만 같았다. 아니, 어쩌면 스키니진이 날 길들이는 건지도 모른다.

나는 눈을 부릅뜨고 자리에서 일어났다. 그러고는 제자리에서 콩콩 뛰며 바지를 힘껏 추켜올렸다. 그랬더니 기적처럼 엉덩이가 들어갔다. 기뻐서 덩실덩실 춤이라도 추고 싶었다. 하지만 허벅지가 꽉 껴서 움직일 수 없었다. 이대로 입고 나갔다간 분명 의자에 앉지도 못할 거다. 바지를 조금이라도 여유 있게 늘려야 했다. 무릎을 살짝 구부려 보았다. 아까보다 좀 나았다. 이번엔 쪼그려 앉았다. 바지가 약간 더 늘어나길 기대하면서.

그때였다.

"뿌지지지직!"

요란한 소리가 나더니 오른쪽 허벅지 안쪽이 봉제선을 따라 터져 버렸다. 찢어진 틈 사이로 허벅지가 볼록 튀어나왔다. 허벅지가 "아휴, 이제야 살 것 같네."라고 말하는 것 같았다. 나는 자리에서 벌떡 일어났다. 이번엔 왼쪽 허벅지도 터져 버렸다. 정말 황당했다. 나는 스키니진을 벗어 손에 꼭 쥐었다.

'이걸 어쩌면 좋아.'

스키니진을 들여다보는데 눈물이 핑 돌았다. 그동안 스키니진 때문에 한 고생이 머릿속에 스쳐 지나갔다. 그러자 가슴속에서 뜨거운 게 치솟았다.

"이게 정말! 더는 못 참아!"

나는 스키니진을 양손으로 잡고 힘껏 당겼다. 그랬더니 스키니진이 '드드득' 소리를 내며 종아리 부분까지 찢어졌다. 내 눈엔 아무것도 보이지 않았다. 스키니진을 향한 원망이 뭐든 찢어 버리라고 명령하고 있었다. 늘어나지도 찢어지지도 않을 것처럼 튼튼해 보이던 스키니진이 맥없이 반으로 찢어져 버리다니! 정말 어이가 없었다. 이깟 녀석 때문에 내가 그렇게 고생을 했단 말이야? 억울했다. 나는 찢어진 스키니진을 노려보며 다시 손에 힘을 줬다. 그러자 멀쩡했던 부분도 결을 따라 쭉 찢어졌다.

"어라? 한번 해 보자, 그래!"

나는 미친 사람처럼 스키니진을 찢어 댔다. 팬티 차림으로 스키니진을 찢는 내 모습을 누군가가 봤다면 '헐크녀'라고 놀렸을 것이다. 또 기자가 봤다면 '중학생 학업 부담 스트레스 심각해'라는 제목으로 기사를 썼을 것이다. 그러거나 말거나 난 스키니진을 찢는 데 온 정신을 몰두했다. 지금 이걸 찢어 버리지 않으면 지구가 멸망이라도 할 것처럼 비장한 표정으로 손을 놀렸다. 혹시 내 머리가 이상해진 것은 아닐까? 아 몰라, 찢자! 찢자! 바지는 금세 너덜너덜해졌다.

나는 침대에 앉아 엉망이 된 바지를 쳐다봤다. 꼭 누가 물어뜯어 놓은 것 같았다. 갑자기 몸이 간질간질하더니 웃음이 팡 터졌다.

"아하하하하하, 으하하하하하."

나는 한바탕 웃어 댔다. 그렇다! 난 미친 게 분명하다. 머리에 꽃만 꽂으면 딱 '광녀'다.

'이 좋은 구경거리를 혼자만 볼 순 없지!'

왜 이럴 때 민정이가 생각나는지 모르겠다. 난 얼른 휴대폰을 꺼내 스키니진을 찍었다. 그러고는 메신저를 열어 민정이에게 사진을 보냈다. '스키니진의 최후'라는 제목과 함께. 5초도 안 돼서 민정이가 메시지를 확인했다.

– 으악! 이게 뭐야?

– 내 허벅지를 못 이기고 팡 터져 버림! 푸하하. 괘씸해서 갈기갈기 찢어 줬지!

– 우왕~ 장난 아니다. 역시 성깔하면 이송희야!

민정이의 말이 더는 아니꼽게 들리지 않았다.

– 그나저나 윤호한테는 뭐라고 할 거야?

민정이가 묻는 바람에 정신이 돌아왔다. 나는 머리를 감싸 쥐었다. 그제야 걱정이 됐다. 도둑이 들어와서 훔쳐 갔다고 할 수도 없고 잃어버렸다고 할 수도 없고 어쩌지?

–아, 몰라! 헤어지자고 하면 그러지 뭐!

자포자기의 심정이었다. 윤호가 정말 멋진 남자 친구인 건 알지만 그렇지만…… 으악! 나보고 어쩌라고!

–나한테 좋은 생각이 있지. 일단 우리 집으로 와.

민정이가 좋은 생각이 있다면 정말 그런 거다. 나는 한달음에 민정이네 집으로 달려갔다. 평소에 즐겨 입던 바지를 입어서인지 몸도 마음도 편했다. 민정이는 내 얼굴을 보자마자 깔깔거렸다. 나도 자꾸만 웃음이 났다. 우리는 배를 움켜쥐고 실컷 웃었다. 다툰 건 벌써 잊어버렸다.

민정이가 옷장에서 바지 하나를 꺼내 줬다. 분홍색 스키니진이었다. 내가 엉망으로 만든 스키니진이랑 똑같은 색이었다.

"이거 입어. 딱 네 사이즈야. 아빠가 사 준 건데 나 분홍색 안 좋아하잖아. 그래서 모셔 뒀지. 어차피 윤호는 네가 S를 입었는지 M을 입었는지도 모를걸?"

민정이가 확신에 찬 목소리로 말했다. 덕분에 힘이 났다. 나는 그 자리에서 바로 스키니진을 입어 봤다. 몸에 아주 잘 맞았다.

드디어 기다리고 기다리던 수련회 날. 나는 민정이가 준 분홍색 스키니진에 티셔츠를 입고 학교에 갔다. 교실에 들어서자 민정이가 날 보며 예쁘다고 호들갑을 떨었다. 역시 민정이는 내

단짝답게 보는 눈이 있다!

스피커에서 모두 운동장으로 모이라는 방송이 흘러나왔다. 나는 민정이의 팔짱을 끼고 교실을 나섰다. 계단을 내려가는데 저 아래에서 윤호가 날 보고 손을 흔들었다. 심장이 계단에 쿵 부딪히는 것 같았다. 마음 같아선 윤호를 피하고 싶었다. 윤호가 스키니진의 정체를 눈치챌까 봐 몹시 걱정됐다. 나는 윤호에게 손을 흔들며 마음속으로 '어서 빨리 운동장으로 나가!'라고 외쳤다. 하지만 윤호는 계단 밑에서 계속 나를 기다렸다. 입 안이 바싹 마르고 잔기침이 자꾸 나왔다. 민정이가 옆에서 내 어깨를 톡톡 두드렸다. 걱정하지 말라는 뜻이다. 신기하게도 힘이 났다. 나는 미스 코리아처럼 미소를 지으며 당당하게 계단을 내려갔다. 불안함을 짙은 화장 속에 숨기고 세상에서 가장 예쁜 미소를 짓는 미스 코리아. 그 특유의 경직된 미소. 지금 내 미소가 그랬다. 윤호가 알 수 없는 표정으로 날 뚫어져라 쳐다봤다. 갑자기 숨이 턱 막히는 것 같았다.

"왜…… 왜?"

차마 윤호의 눈을 쳐다볼 자신이 없었다. 그래서 애꿎은 볼만 계속 바라봤다. 그때였다. 윤호의 볼이 움찔거리더니 보조개가 옴폭 팼다.

"와! 정말 예쁘다. 너한테 잘 어울릴 줄 알았어!"

윤호가 들뜬 목소리로 말했다.

내 몸을 휘감고 있던 긴장이 스르르 풀렸다. 윤호에게 걸어가는 동안 심장이 어찌나 두근거리는지 하마터면 몸 밖으로 튀어나오는 줄 알았다. 나는 고개를 돌려 민정이를 쳐다봤다. 민정이가 나를 향해 엄지손가락을 치켜세웠다.

"와, 이송희! 정말 부럽다니까! 나도 얼른 남자 친구 만들어야지 원. 배 아파서 살겠어?"

민정이의 천연덕스러움에 피식 웃음이 났다. 내가 웃자 윤호도 함께 웃었다. 그런 우릴 보고 민정이도 웃기 시작했다. 그렇게 우리 셋은 웃고 또 웃었다.

라면 먹기 좋은 날

발리 빌라에 원수가 산다

침이 꼴깍 넘어갔다. 혹시라도 침 삼키는 소리가 저쪽까지 들릴까 봐 걱정됐다. 물론 그럴 일은 절대 없다. 여긴 한낮의 주택가니까. 그것도 상가가 다닥다닥 붙어 있고 쉴 새 없이 사람들이 오가는, 그 사이를 오토바이가 묘기하듯 빠져나가는 소음지대.

그런데도 왜 이렇게 다리가 후들거리는지 모르겠다. 하긴 원래 뒤가 구린 사람은 그런 법이다. 특히 나처럼 심장이 콩알만한 사람은 더더욱.

아뿔싸! 방심하고 말았다. 뒤통수가 골목 사이로 사라져 버렸다. 통통한 아주머니 뒤에 숨어 있다고 방심한 게 잘못이었다. 아니, 딴 생각을 한 게 잘못이다.

"넌 생각이란 걸 하지 마. 해 봤자 나아지는 게 없는데 왜 힘들게 생각이란 걸 하고 그래?"

학생 주임의 말이 귓가에 되살아났다. 처음 이 말을 들었을 땐 무진장 열 받았다. 하지만 지금 보니 딱히 틀린 말도 아니었던 것 같다.

골목을 향해 100미터 달리기를 했다. 따라잡아야 한다. 절대 놓쳐서는 안 된다.

'아씨!'

하필 오르막이었다. 절로 거친 숨이 나왔다. 입 밖으로 꺼낼 수 없는 욕도 나왔다.

세탁소 앞에 다다랐을 때 멈춰 서서 골목을 향해 고개를 빼꼼 내밀었다. 혹시 저 능구렁이가 미행당하는 걸 귀신같이 눈치채고 골목에 숨어 있을지도 모르니까.

다행히 익숙한 뒤통수가 내 시야에 들어왔다. 서둘러 따라잡으면 될 것 같았다. 나는 뒤꿈치를 들고 종종 걸음을 쳤다. 여기에서 발레 슈즈만 신으면 영락없는 발레리나다. 초등학생 때 딱 한 번 배우고 포기한 발레를 중학생이 되어 흉내 내게 될 줄이야······.

똑같이 생긴 집들이 마주보고 서 있었다. 이 동네에 사는 사람들은 어떻게 자기 집을 찾아가는 걸까? 대문 색깔로? 아니면 주소를 외워서?

'야! 범아리, 정신 차려! 엉?'

나는 내 머리에 주먹을 날렸다. 고새 목적을 까맣게 잊어버리고는 또 딴 생각이다. 나도 이런 내가 싫다.

지나가던 아주머니가 나를 이상한 눈길로 쳐다본다. 하긴, 발끝으로 종종 걷다가 갑자기 멈춰 서서 머리를 쥐어박는 여자아이가 평범해 보이진 않겠지.

그래도 괜찮다. 나를 발견한 게 저 인간만 아니면 된다. 나는 집과 집 사이에 몸을 숨기며 계속해서 뒤통수를 쫓았다.

골목 끝. 마침내 뒤통수가 어느 집으로 들어갔다. 나는 또다시 전력 질주했다. 건물은 4층이 전부인 다세대 주택이었다.

'발리 빌라.'

설마, 인도네시아에 있던 그 발리? 닮은 데가 단 한 군데도 없다는 생각에 헛웃음이 나왔다.

스슥스슥, 계단을 올라가는 발소리가 들렸다. 신발 밑창으로 땅을 비비며 걷는 저 사람 특유의 발소리를 내가 모를 리 없다. 한때는 저 발소리마저 좋아하던 때가 있었는데. 나는 행여나 들킬까 조심조심 계단을 올랐다.

"은혜야, 나야. 응, 아저씨야. 문 열어."

목소리가 들리자 나는 멈춰 섰다. 계단 사이로 위를 올려다봤다. 그의 커다란 몸이 보였다. 4층 가장 왼쪽 집, 405호.

문이 열리자 여자아이 한 명이 나왔다. 심기가 아주 불편하다는 듯 얼굴을 잔뜩 찡그린 채. 쟤가 은혜인가 보다. 어쩐지 낯이 익다. 누구더라? 누구……더라?

"우아, 아저씨다! 엄마, 아저씨 왔어요."

밤톨만 한 남자아이가 쑥 튀어나오더니 남자의 허리를 끌어안았다.

"허허허, 우리 은호! 잘 있었어?"

남자는 아이를 안아 올리며 활짝 웃었다. 꼭 영화나 드라마에 나오는 한 장면 같았다.

'우와, 자상한 아저씨 코스프레 쩐다!'

정말 눈 뜨고는 못 봐 줄 장면이었다. 저 애들은 알까? 자상한 척 연기하는 저 남자의 정체를.

몸속에서 뜨거운 게 꾸물거리며 욕지기가 튀어나왔다. 마음 같아서는 뒤통수에 대고 욕을 싸지르고 싶었다. 하지만 지금은 안 된다. 참아야 한다.

남자가 문을 '쾅' 닫고 집안으로 사라졌다. 그 소리를 듣는 순간, 내 마음속에 열려 있던 문도 모조리 닫혀버렸다. 전부 꽁꽁 닫아 둔 줄 알았는데 실수로 하나 정도는 열어 뒀었나 보다. 아니, 어쩌면 실수가 아니라 모질지 못한 호구라서 그랬는지도.

나는 털레털레 계단을 내려왔다.

그때 전화가 울렸다. 진희 아주머니였다.

"아리야, 어디야? 아줌마 집에 갈 시간 다 되어 가는데."

벌써 시간이 이렇게 됐나?

"학원 막 끝났어요. 금방 갈게요."

통화를 마치자마자 나는 달렸다. 이를 악물고, 세상 끝까지 가 보겠다는 듯, 어떤 장애물도 뛰어넘을 수 있다는 듯, 좁은 골목길을 마구 내달렸다. 심장이 제멋대로 날뛰는 이유를 만들고 싶었다. 달리기 때문에 호흡이 가쁜 거라고, 심장이 쿵쾅거리는 거라고. 그럼 여기까지 찾아온 나 자신을 용서할 수 있을 것 같았다.

병원에 들어서자 소독약 냄새가 코를 찔렀다. 절로 눈살이 찌푸려졌다. 병원에만 가면 멀쩡한 나까지 아픈 기분이다.

"아리야, 아줌마 가 볼게!"

병실에 들어서자마자 아주머니가 기다렸다는 듯 일어섰다. 시계를 보니 약속 시간에서 30분이나 지나 있었다. 왜 이렇게 늦었냐고 화를 낼 만도 한데 아주머니는 여느 때처럼 밝게 웃을 뿐이었다.

"엄마, 나 왔어."

내가 인사했는데도 엄마는 대답이 없다. 멍한 눈으로 창밖만 보고 있다. 아무래도 당분간 병원 신세를 면하긴 힘들 것 같다. 얼굴에 찍혔던 멍이 희미하게 빠지고, 허리 수술도 성공적으로 끝났는데도 엄마의 마음은 좀처럼 나아질 기색이 없다.

엄마는 그날 이후로 말을 하지 않는다. 의사들은 충격으로 인한 실어증이라고 했다.

"나 오늘 아빠 보고 왔어."

이 말에도 반응이 없다. 다른 때 같았으면 쓸데없는 짓 하고 다니지 말라며 버럭 화를 냈을 텐데.

"그냥 우연히 만났어. 정말, 우연히. 학원 근처 지나는데 아빠가 나오더라고. 그냥 조용히 따라갔지 뭐. 구불구불 골목길을 막 걷더니 도착한 곳이 어디게? 발리 빌라."

나는 진실과 거짓을 보태 가며 말했다. 아빠를 따라간 것은 진실. 우연히 만난 것은 거짓. 엄마는 내게 늘 진실해야 한다고 가르쳤지만 지금은 아무래도 상관없다. 어차피 엄마는 묻지 않을 테니까.

"발리라고 하니까 엄청 좋은 집 같지? 전혀 아니야. 엄청 낡았어. 아니 글쎄, 아빠가 405호에 들어가더니 엄청 부드러운 목소리로 인사하면서 웬 땅콩만 한 남자아이를 획 안아 올리는 거야. 꼭 목마라도 태워 줄 것처럼. 그거 완전 착한 남자, 좋은 아빠 코스프레잖아. 얼마나 웃었는지 몰라. 아, 물론 마음속으로. 그 인간 성격 아는데 걸려 봤자 나한테 좋을 리 없지. 아, 아니다. 그래서 더더욱 아는 체했어야 했나? 그 인간이 막 화내면 그동안 연기했던 게 들통날 거 아냐. 아니 아니야, 어쩌면 그 자리에서 눈물 글썽이면서 나한테 미안하다고 그랬을지도 몰라. 진짜 사랑을 찾은 로맨틱한 중년남이라도 된 것처럼 말이야. 근데 엄마! 은혜라는 아이가 혐오스런 눈으로 그 인간을 보더라. 어쩌면 그 아이만큼은 아빠의 정체를 알고 있는 거 아닐까?"

나는 대꾸도 없는 대화를 이어갔다. 엄마는 아무 말도 없었지만 분명 듣고 있을 거다. 마음이 닫혔다고 귀까지 닫힌 건 아니니까. 엄마가 내 말을 듣고 이제 그만 아빠에게 미련을 모두 버렸으면 좋겠다고 생각했다.

"그런데…… 그 애 얼굴이 낯익었어. 어디서 봤을까? 대체 어디서?"

나는 여자아이 얼굴을 계속 떠올렸다. 마른 몸, 작은 키. 특징 없는 눈, 코, 입. 백 번은 더 스쳐 지나갔을 얼굴인데도 어쩐지 낯익었다. 나는 머릿속의 파일들을 들추며 은혜라는 아이를 기억해 내려 애썼다. 하지만 떠오르지 않았다.

"뭐, 잘됐어. 어차피 모르는 사이인 게 나아. 그래야 때릴 때 덜 미안하지."

마지막 말에 엄마가 움찔대는 것 같았다. 내 착각일지도 모르지만.

난 다시 발리 빌라를 찾아갈 거다. 그리고 우리 엄마를 아프게 한, 나에게 상처를 준 그 여자의 아이들을 마구 때려 줄 거다. 평생 못 잊을 만큼 실컷. 그게 내 계획이다. 그래야 분이 풀릴 것 같았다.

적은 가까운 곳에 있다

다음 날, 나는 또다시 발리 빌라를 찾았다. 결전의 그날을 정하기 위해서는 정보 수집이 필요하니까. 어제 내가 살펴 본 것에 따르면 발리 빌라 405호에 사는 사람은 여자, 은혜, 밤톨 이렇게 셋이다.

발리 빌라 출입문에 서서 우편함을 살폈다. 마침 405호 우편함에 우편물이 들어 있었다. 나는 날랜 제비처럼 그것들을 낚아채 가방에 넣었다. 그러곤 골목 끝 작은 놀이터에서 우편물을 살폈다.

우편물은 총 두 개였다. 하나는 도시가스 영수증, 하나는 카드 영수증. 겉면에 '강영지'라는 이름이 적혀 있었다. 그 여자 이름인가 보다.

나는 재빨리 봉투를 열었다. 여자가 한 달에 쓴 카드 값은 자그마치 400만 원이었다. 세 가족이 생활하는 데 이렇게 많은 돈이 필요한가? 갑자기 머릿속에 TV에서 본 명품백이 둥실둥실 떠다녔고, 연이어 아빠 얼굴이 떠올랐다.

"많이도 썼네. 그 인간 호구 아냐?"

카드비를 아빠가 내 준다는 증거는 어디에도 없었지만 왠지 그럴 것 같았다. 가족에겐 한없이 인색해도 지인들에게는 날마다 한턱 쏘는 화끈한 사람이니 말이다. 그리고 아빠 벌이에 400만 원 정도는 아무것도 아닐 것이다. 아빠가 운영 중인 입시학원은 다른 지역에 분점을 낼 정도로 유명하니까. 이름 난 강사였던 엄마가 저 지경이 되어 자리를 비워도 또 다른 유명 강사로 채워지는 그런 곳이었다.

나는 가끔 궁금하다. 엄마는 무엇을 위해 그렇게 열심히 일했을까? 자기를 위해서는 돈 한 푼 쓰지 않으면서. 그래도 어렴풋 알 것 같다. 엄마는 엄마 스스로를 위해 일했을 것이다. 자신이 유일하게 빛나는 무대였으니까. 나는 엄마가 강의하는 모습을 보는 게 좋았다. 이제 당분간은 볼 수 없을 테지만.

나는 손에 들고 있던 영수증을 박박 찢어 가방에 넣었다. 그리고 그네에 올라타 '내가 여기에서 뭘 하고 있는 걸까, 앞으로 무얼 해야 할까' 이런 저런 잡생각을 하며 발을 굴렀다.

그때, 낯익은 아이가 지나갔다. 어제 본 은혜라는 아이였다.

휴대폰을 들여다보니 7시가 막 지나고 있었다.

"야! 좌은혜! 좌은혜!"

커트머리 여자아이가 허겁지겁 뛰어 오더니 뭐라 뭐라 말하며 가방을 건넸다. 그러자 은혜는 코를 찡긋하며 웃었다. 그 모습이 무척 낯익었다. 넌 대체 누구니?

나는 그네에 앉아 몸을 살랑살랑 흔들었다. 발장구를 칠수록 몸이 점점 하늘로 떠올랐다. 나는 그네를 타며 점점 멀어지는 은혜의 뒤통수를 쳐다봤다.

그때였다. 머릿속에 불꽃이 '파파팍' 튀면서 좌은혜가 누군지 떠올랐다. 특이한 성씨와 웃을 때 코를 찡그리는 버릇, 낯익은 뒤통수.

좌은혜는 우리 학원에 종종 오는 아이였다. 어느 날, 학원에 갔더니 강사 전용 휴게실에 웬 여자아이가 앉아 있었다. 불도 켜지 않은 채, 그늘진 얼굴로 소파 한구석에 앉아 있던 그 애를 발견했을 때 나는 소스라치게 놀랐다.

"너 누구야?"

내가 묻자 좌은혜는 움찔했다.

"좌은혜."

"누가 이름 물었어? 여기서 뭐 하냐고."

그 애는 그저 시선을 거두었을 뿐 아무런 대답도 하지 않았다. 나는 팔짱을 끼고 한참이나 그 아이를 쳐다봤다.

그때 강의를 마친 엄마가 휴게실로 들어왔다.

"엄마, 얘 누구야? 누군데 여기에 있어?"

뚱한 표정을 짓던 엄마는 은혜를 발견하고는 환하게 웃었다.

"은혜야, 안녕?"

내가 몹시 궁금해 안달 난 표정을 짓자 그제야 엄마는 그 애를 소개했다.

"새로 온 시간 강사 딸이야. 중학교 1학년이고, 이름은 좌은혜. 종종 올 거야. 친하게 지내."

엄마는 은혜에게도 말했다.

"언니 이름은 범아리. 중3이야. 공부는 못해도 성격은 좋으니까 친하게 지내."

"아, 진짜! 공부 못한다는 말은 왜 해? 엄마 진짜 못됐어!"

"공부 못하니까 못한다고 하지, 그럼 잘한다고 해?"

한바탕 소동을 벌이는데도 은혜는 말이 없었다. 그냥 다 늙어 버린 사람처럼 지친 얼굴로 앉아 있을 뿐.

이후 학원에 올 때마다 은혜를 마주쳤다. 하지만 도무지 정을 줄 수 없는 아이였다. 특유의 그늘진 얼굴이 "말 걸지 마!"라고 외치고 있었으니까.

그러던 어느 날, 그 아이의 웃는 모습을 봤다. 베란다 창문에 서서 아이는 즐거운 목소리로 통화 중이었다.

"아빠, 정말? 이번 주에 오는 거지? 약속했다!"

통통거리는 목소리가 창문 밖으로 새어나왔다.

나는 음료수를 마시며 베란다를 힐끔거렸다. 구경할 생각은 없었다. 납작한 뒤통수가 눈에 들어와 쳐다본 것뿐이었다. 그 순간, 뒤돌아선 은혜와 눈이 마주쳤다. 코를 찡긋하며 웃던 은혜는 순식간에 얼굴을 구기더니 전화를 끊었다. 그러곤 나를 잡아먹을 듯 째려보며 밖으로 나갔다.

"야! 내가 뭘 어쨌다고 째려보냐?"

황당해서 쏘아붙이고 말았다. 정말 마음에 드는 구석이라곤 하나도 없는 아이였다. 통화를 엿들으려고 한 건 아니었다. 목소리가 어찌나 크던지 창밖으로 새어 나와 내 귀에 들어온 게 문제라면 문제였다. 통화 내용 역시 특별할 게 없었다. 아주 평범해서 평생 기억나지 않을 그런 대화였다.

그날, 나는 처음으로 은혜 엄마의 얼굴을 봤다. 뚜렷한 이목구비에 백설기처럼 하얀 얼굴, 긴 생머리, 나보다 더 가늘어 보이는 뼈마디, 아이 엄마로는 보이지 않았다. 하지만 어둠 속에 숨어 있던 은혜의 얼굴과 무척 닮아서 나는 단박에 여자가 아이의 엄마라는 걸 알아 차렸다.

그러니까, 정리하자면 좌은혜의 엄마는 영수증에 적혀 있던 강영지라는 여자이고, 아빠가 만나는 여자이자 일 년 전 우리 학원에 잠깐 다녔던 시간 강사란 이 말씀.

"헐."

어이가 없었다. 적은 가까운 데 있다더니, 아빠가 푹 빠진 여자는 다름 아닌 시간 강사였다. 그것도 우리 엄마와 함께 일했던. 언젠가 길 위에서 로드킬 당한 동물을 봤을 때처럼 속이 울렁거렸다. 어른들의 세상은 정말 잔인하다. 알면 알수록 그렇다.

일단 오늘은 철수다. 힘든 하루였지만 그래도 성과는 두둑한

하루였다. 기대 이상의 정보들을 얻어 냈으니까.

그날 저녁, 나는 말을 아꼈다. 평소 같으면 미주알고주알 무슨 말이든 늘어놓았을 테지만 오늘만은 그러기 싫었다. 엄마가 살갑게 대해 주던 그 여자, 그 아이가 실은 아빠가 만나고 있는 그들이라는 걸 내 입으로 말할 수 없었다.

나는 얕은 콧소리를 내며 자고 있는 엄마의 머리를 가만히 쓰다듬었다. 그리고 할 말들을 마음속에 꾹꾹 눌러 담았다.

'내가 혼내 줄 거야. 엄마 대신해서. 알았지?'

첫 번째 계획을 실행하다

예상보다 계획은 빠르게 진행됐다. 공부는 못해도 기억력 하나는 끝내주게 좋은 덕분에 이틀 만에 호구조사는 물론 좌은혜의 정보까지 수집했다. 그리고 오늘은 좌은혜와 같은 반이었던 내 친구의 동생에게서 추가 정보까지 얻었다.

대부분은 시답지 않은 것들이었지만 도움이 되는 정보들도 있었다. 이를테면 좌은혜네 동생이 마을 지역아동센터에서 늦은 시간까지 공부를 하며 시간을 보낸다는 거였다. 좌은혜는 학원을 다닌다나 뭐라나.

이제 좌은혜와 밤톨만 한 남동생을 혼내 주는 일만 남았다. 거사를 치를 그 날을 정하기 위해서는 조금 더 신중해야 했다.

나는 요 며칠간의 행동이 '관심종자'와 다를 바 없다는 것을 깨달았다. 좌은혜의 집 근처에서 서성대며 "나 좀 발견해 주소!" 하고 동네방네 소리쳐 댄 꼴이었다. 좌은혜와 마주치지 않았기에 망정이지, 한 번이라도 얼굴을 마주했다면 분명 그 애도 날 기억해 냈을 거다.

나는 조금 돌아가더라도 안전한 쪽을 택하기로 했다. 그게 바로 '밤톨'이었다. 밤톨이는 초등학교 2학년. 아직 세상 물정 모를 나이라서 살살 꾀면 바로 넘어올지도 모른다.

내 계획은 이랬다. 우선 학교를 마치자마자 지역아동센터로 향한다. 밤톨이와 함께 놀아 주며 친해진 다음, 집안 사정을 캐내는 거다. 그 후 모든 정보가 모였을 때 '디데이'를 정하고 쳐들어가면 끝!

평소의 나답지 않게 꽤 구체적인 계획이었지만 분명 허점은 있었다. 바로 지역아동센터에 어떻게 출입하느냐는 거였다. 생각할수록 머리가 아팠다. 꼭 납치범이 된 것 같은 생각에 마음이 무거웠다.

나는 일단 센터 부근에서 서성대다가 밤톨이에게 말을 걸어 보기로 했다. 이름을 부르며 친근히 인사하는 거다. "은호야, 안녕?" 이렇게. 아니, 아니다. 그럼 분명 밤톨이가 내 이름을 어떻게 알았냐고 묻겠지? 그럼 복잡해진다. 무거운 짐을 들고 있다가 함께 옮겨달라고 하는 건 어떨까? 여기까지 생각하고 서둘러 도리질을 쳤다. 자꾸만 납치범에 한 걸음 더 가까워지고 있는 것만 같았다.

'아, 몰라! 일단 가 보자.'

걷다 보니 어느새 센터 앞에 도착했다. 센터는 도로변 멋없는 건물 2층에 있었다. 번화가 큰 도로변이라 사람들로 무척 붐볐다.

나는 서둘러 건물 안으로 들어갔다. 계단을 오르는데 위에서 아이들이 복작거리는 소리가 들려왔다. 내가 문 앞에 서자 남자아이들이 양 옆으로 흩어지며 길을 열어 줬다. 이러면 내가 드, 들어갈 수밖에 없잖아! 망설일 틈도 없이 내 몸은 어느새 문 안에 들어와 있었다.

머리가 하얗게 센 여자가 방에서 나오며 나를 쳐다봤다. 분명 머리는 새하얀데 표정은 어린아이처럼 천진난만하고 맑았다. 저 사람을 할머니라고 불러야 할까, 아니면 아주머니라고 불러야 할까? 고민하고 있는데 여자가 환히 웃으며 다가왔다.

"어떻게 왔니?"

그 말에 나는 눈동자를 요리조리 굴렸다. 이상하게 이 여자의 얼굴을 계속 보고 있으면 진실을 털어 놓게 될 것만 같았다. 그래서 나는 괜스레 여자의 입술도 봤다가 벽지 색깔도 봤다가 이윽고 새카매진 여자의 실내화를 보며 말했다.

"그게…… 아 그러니까……."

그때였다. 머릿속에 갑자기 종소리가 울려 퍼졌다. 이 상황을 모면할 적당한 이유를 찾았단 신호다.

"그게요. 봉사 활동 하고 싶어서요. 그래서 일단 와 봤어요."

궁색한 변명 같았지만 사실대로 말할 수는 없지 않은가. 은호를 만나 오누이의 스케줄을 꿰찬 후에 실컷 때려 줄 생각이라고 말이다.

"몇 학년?"

대뜸 말을 놓는 게 마음에 들지는 않았지만 나는 최대한 밝게 웃으며 답했다.

"고등학교 1학년이에요."

저 여자는 어쩌면 백 살 아니, 천 살일지도 몰라. 자꾸만 엉뚱한 생각이 들었다.

"착한 친구로구나. 너는 어떤 걸 잘하니?"

순간 멍해졌다. 뭘 묻고 싶은 건지 알 수가 없었다.

내가 망설이자 여자는 침착하게 말을 덧붙였다.

"봉사를 하려면 네가 잘하는 게 있어야 해. 그래야 네 도움이 필요한 일을 찾을 수 있으니까."

세상은 참 야박하구나, 속으로 생각했다. 봉사 활동을 하는데도 특기나 적성 같은 게 필요하다니. 아직 장래 희망도 정하지 못한 나에게는 퍽 어려운 질문이었다. 그래도 답해야 했다.

"아! 저는, 그러니까요. 책을 좋아해요(만화책이지만요). 그리고 취미는 영화 감상이고요(유튜브로 예고편을 보는 것도 감상이라고 할 수 있다면요). 아, 또 경청을 잘해요(실은 대답할 타이밍을 놓치는 거지만요)."

마음속으로 살을 보태 가며 말했다. 여자는 내 대답이 마음에 드는지 활짝 웃었다.

"밝은 친구 같아 보기 좋구나. 오늘 하루 동안 봉사 활동 해보고, 할 만하면 내일 또 찾아오렴. 뭐든 처음부터 잘하는 친구는 없으니까."

그 말에 나 역시 활짝 웃었다. 하지만 안도의 웃음이었을 뿐, 결코 마음에 들어 웃은 건 아니었다.

"오늘은 책 읽어 주기 봉사를 해 주렴. 그 전에 이것 좀 작성해 줄래?"

여자는 나에게 카드 한 장을 넘기더니, '김 선생님'이라는 사람을 불렀다. 카드에는 이름과 학교, 전화번호 같은 것들을 쓰게 되어 있었다. 나는 하나하나 꼼꼼히 작성했다.

카드를 내밀자 김 선생님이 나를 첫 번째 방으로 안내했다.

"우선 아이들이 오면 숙제부터 지도해요. 그 후에 이것저것 부족한 과목을 가르쳐 주고, 시간이 남으면 책을 읽어 주거나 함께 블록 쌓기 같은 놀이를 하죠. 놀이터 같은 데서 놀면 좋은데 보다시피 여긴 번화가라서 마땅히 놀 만한 곳이 없어요. 아이들은 뛰어놀아야 하는데……. 참 아쉬운 일이죠."

김 선생님은 말이 많았다. 역시나 내 스타일은 아니었지만 그래도 함부로 앞의 여자처럼 말을 놓지 않아서 좋았다.

"원장님은 아리 씨한테 책 읽기 봉사를 맡기라고 하셨는데, 그 전에 늦게 온 아이들 숙제 지도부터 해 줄 수 있죠?"

나는 군말 없이 힘차게 고개를 끄덕였다. 봉사라고는 해 본 적 없는 초짜였기 때문에 우선은 시키는 대로 할 생각이었다. 혹시 모른다. 오늘 밤톨을 못 만난다면 내일도, 모레도 와야 했고, 그마저도 실패하면 김 선생님과 친해져서라도 밤톨이네 정보를 수집해야 했다.

하지만 방에 들어선 순간 선택지는 줄어들었다. 의자에 삐딱하게 앉아 연필을 쥐고 있는 밤톨이가 곧바로 눈에 띄었으니까. 이번 계획은 누가 도와주기나 한 듯 매우 순조로웠다. 일이 술술 풀릴 것 같은 예감이 들었다.

밤톨이에게 정보를 얻다

내가 맡은 첫 번째 학생은 이지수. 밤톨이와 같은 나이였다. 나는 지수의 문제집을 살펴보는 척하며 저 멀리 앉은 밤톨이를 흘끔거렸다. 밤톨이는 숙제하는 게 지루했는지 입을 쩍 벌려 하품을 했고, 다리를 달달 떨기도 했다.

"언니, 몇 학년이야? 우리 사촌 언니는 중3인데."

지수가 문제지를 풀며 조잘댔다.

"이따 알려 줄게. 숙제부터 해."

내 말에도 아랑곳하지 않고 아이는 이런저런 말들을 늘어놓았다. 대부분 쓸데없는 말들이었다. 그런데도 진지하게 말하는 모습이 귀여워 가만히 머리를 쓰다듬어 주었다.

"너 은호랑 친해?"

사실 별 기대 없이 물어 본 거였다. 혼자 떠들게 놔둘 수는 없었으니까. 하지만 돌아온 대답은 기대 이상이었다.

"응. 내 남자 친구야!"

엥? 얘가 뭐라는 거야? 입이 떡 벌어졌다.

"그냥 남자인 친구야, 아니면 남자 친구야?"

내 질문에 지수는 쓰던 것을 멈추고 내 눈을 똑바로 쳐다봤다.

"우리 커플이야. 지난주부터 사귄다고."

지수는 대뜸 왼손을 내밀었다. 넷째 손가락에 플라스틱 반지 하나가 끼워져 있었다.

"뭐? 푸하하하하."

갑자기 웃음이 났다. 맹랑하게 대꾸하는 게 귀엽기도 했고, 달리 받아칠 말이 없기도 해서였다.

지수는 뾰로통한 표정을 짓더니 다시 숙제를 했다.

"와, 글씨 예쁘게 잘 쓰네."

나는 칭찬을 하며 지수의 머리를 쓰다듬었다. 그러자 새침했던 표정이 금세 원래대로 돌아왔다.

"언니가 책 읽어 줄까?"

지수의 손을 꼭 붙들고 물었다.

다행히 지수가 고개를 끄덕이자 나는 책장으로 달려가 그림책을 꺼내왔다. 그러곤 지수에게 소곤댔다.

"은호도 데리고 와. 특별히 둘에게만 읽어 줄게."

예상대로 지수는 쪼르르 달려가서 밤톨이를 데리고 왔다.

가까이에서 본 밤톨이는 짧게 깎은 머리와 까무잡잡한 얼굴이 정말 알밤을 쏙 빼닮았다.

"누나 몇 살이야? 우리 누나는 중학교 2학년인데!"

밤톨이는 장난기 어린 눈으로 날 보더니 대뜸 물었다.

"참나, 나는 고등학생이거든? 내 교복 안 보이냐?"

얼떨결에 받아치고 말았다.

"어? 우리 누나도 내후년에는 고등학생 되는데!"

나는 이미 고등학생이라고! 다시 외치고 싶었지만 마음을 가다듬었다.

"그렇구나. 큰누나 있어서 좋겠네."

내 말에 밤톨이의 눈이 반달이 됐다.

"언니, 빨리 그림책 읽어 줘!"

지수가 졸라 대서 그림책 표지를 열었다.

"실감나게 읽어 줘야 해."

밤톨이었다.

'요 맹랑한 것!'

코를 한번 잡아 주려다 참았다. 나중에 지금 것까지 다 합쳐서 세게 잡으면 되니까.

누군가에게 그림책을 읽어 주는 건 난생처음이었다. 동물 흉내를 내는 건 생각보다 쉬운 일이 아니었다. 마치 내 모습이 전국에 생중계라도 되는 것처럼 진땀이 났다. 하는 수 없이 그냥 내 목소리로 읽었다. 호랑이도, 토끼도, 원숭이도 모두 범아리였다.

"에이, 뭐야! 진짜 별로다. 실감 안 나."

밤톨이가 툴툴대자 지수도 동참했다.

'네들이 뭔데 평가야?'

한 마디 쏘아 주고 싶었지만 역시 참았다. 멋쩍게 웃으며 가까스로 책을 다 읽자 두 아이는 동시에 하품을 했다. 정말 잘 어울리는 꼬마 커플이었다.

밤톨이와 지수가 자리에서 일어났다.

"잠깐! 어디 가?"

"블록 놀이 하려고."

밤톨이가 시큰둥하게 대답하며 지수 손을 잡아끌었다.

"숙제는 다 했니? 한글은 잘 써?"

밤톨이의 뒤를 졸졸 쫓으며 물었다. 하지만 밤톨이는 대답 없이 블록 상자를 바닥에 쏟았다.

화가 치밀어 올랐다. 하지만 참았다. 작은 일로 큰일을 망칠 수는 없으니까.

"같이 놀자."

내가 바닥에 퍼질러 앉자 밤톨이와 지수는 나를 빤히 쳐다봤다. 그 눈이 이렇게 말하고 있었다. "진짜 할 일 없나 봐."라고.

"나 바빠. 학원도 가야 하고, 엄마 병원에도 가야 해. 근데 여기 있는 거야."

나는 변명하듯 혼자 중얼거리며 블록을 쌓았다.

"나 어제 치킨 먹었다!"

밤톨이가 파란색 블록을 만지작거리며 말했다.

"와, 맛있었겠다!"

내게 한 말이 아니란 걸 알지만 쾌활하게 끼어들었다. 어떻게든 친해져야 했으니까.

"물론이지. 아저씨가 사 줬다! 만날 맛난 것만 사 줘. 다음에는 지수 너도 와. 알았지?"

밤톨이가 내게 자랑하더니 정작 지수만 초대했다. 하긴 나더러 와 달라고 절을 해도 절대 안 갈 테지만 말이다.

"우아! 난 피자 먹고 싶어!"

지수가 눈을 동그랗게 뜨며 말했다. 그런 모습을 밤톨이가 흐뭇하게 바라봤다.

'우리 아빠가 무슨 산타 할아버지냐? 어?'

속이 부글부글 끓어올랐지만 애써 밝은 표정을 지었다.

"우아, 너 되게 좋은 아저씨랑 친구구나?"

"아닌데? 그 아저씨랑 우리 엄마랑 친구거든? 어쩌면 우리 아빠 될지도 몰라."

밤톨이의 말에 잠시 말문이 막혔다.

"정말? 너희 아빠도 허락했니?"

말해 놓고 후회했다. 대체 이게 무슨 이상한 질문이람?

"아빠 얼굴 안 본 지 오래됐어. 난 아저씨가 좋아. 우리 보러 자주 오니까."

밤톨이가 하는 말을 머릿속 폴더에 넣어 뒀다.

'엄마는 저 상태인데 매일 얘네 집을 찾는단 말이지? 그것도 맛있는 거 잔뜩 사 들고서. 인간도 아니야!'

눈물이 핑 돌았다.

"엄마는 무슨 일 하시니?"

마음을 가다듬고 물었다.

"우리 엄마 선생님이야. 수학 선생님!"

지금도 학원에서 일하는 모양이었다.

"어느 학원인데?"

"학원 선생님인 거 어떻게 알았어?"

밤톨이가 블록을 조립하다 말고 물었다. 아까는 천상 어린아이 같더니 이럴 때 보면 꼭 어른 같다.

"아, 그냥 찍었어. 학교 아니면 학원이겠지, 뭐. 하하하하."

내가 둘러대자 밤톨이는 다시 블록을 손에 쥐었다.

"성산 학원. 매일 늦게까지 일해."

그 학원이라면 나도 잘 아는 곳이다. 아빠 학원 건너편에 있는 학원이다.

"몇 시에 집에 오는데?"

"밤 10시. 근데 더 늦을 때가 많아."

"그럼 그때까지 뭐하는데? 아저씨가 놀아 주시니?"

"아니. 아저씨는 엄마 없으면 안 와. 누나가 아저씨 엄청 싫어하거든."

밤톨이는 내가 묻는 것보다 더 많은 정보를 줬다. 그런 의미에서 고마운 녀석이었다.

갈비를 먹으며 전의를 다지다

"오늘 아이들 잘 보살펴 줘서 고마워. 아리 학생은 언제든 환영이야."

원장이 손을 내밀며 말했다.

"감사합니다!"

얼떨결에 손을 잡고 흔들었다. 내 모습은 뭔가 비장하고 절실해 보였다. 테스트에 합격해서 상위 클래스에 겨우 진입한 사람 같다고나 할까. 센터에서 봉사 활동을 하는 게 '미션'을 성공하기 위해 매우 중요한 일이긴 했지만 그르쳐도 다른 방법을 찾으면 그뿐이었다. 그런데도 이상하게 원장의 말을 듣고 있으면 내 안의 계획들은 전부 사라지고 금세 고분고분해졌다. 원장의 말투에는 사람을 이끄는 힘이 있었다.

병원에 갔더니 엄마는 여전히 말간 얼굴로 누워 있었다. 아주머니가 살뜰히 보살펴 준 덕분에 피부도 여전히 고왔고, 좋은 향기도 나는 듯했다. 하지만 엄마의 눈동자는 텅 비어 있었다.

"공부하느라 힘들지? 잘 챙겨 먹어. 알았지?"

아주머니가 걱정스런 얼굴로 말했다.

"걱정 마세요."

내 말에 아주머니는 싱긋 웃고 병실을 나섰다. 감사하다고 말하고 싶었지만 입이 잘 떨어지지 않았다. 마음을 전하는 건 어쩐지 쑥스러운 일이다.

학원에 안 나간 지 보름이 다 되어 가지만 아무도 모른다. 아니, 아빠 귀에는 들어갔겠지만 연락 한 번 없다. 하긴 면목이 없을 것이다. 바람피우는 걸 엄마에게 들킨 후 손찌검도 하고 집안도 발칵 뒤집어 놓았으니까. 그러곤 아빠는 휙 집을 나가더니 내 앞에 한 번도 나타나지 않았다. 엄마가 쓰러진 걸 알면서도 코빼기 하나 내비치지 않는다. 어른들을 통해 병원비를 보내올 뿐이었다.

나에게 가장 관심이 많던 엄마는 이제 내가 바로 눈앞에 서 있어도 시선 한 번 주지 않고 누워만 있다. 아주머니는 당연히 내가 학원에 잘 나가는 줄 알고 있을 것이다. 설령 학원에 나가지 않는다는 걸 눈치챘다고 해도 모른 척 넘어갈 것이다. 우린 피 한 방울 섞이지 않은 남남이니까. 그렇게 나는 요즘 내 멋대로 살아가고 있다. 그렇게 바라 왔던 삶인데 즐겁지 않은 건 왜일까.

"엄마, 누워 있는 거 안 갑갑해?"

대답하지 않을 걸 알면서도 물어봤다. 엄마 머리를 가만히 쓰다듬었더니 정수리에서 따뜻한 온기가 느껴졌다. 엄마가 병원에 누워 있지 않았다면 엄마 머리카락이 이토록 보드랍고 따뜻한지 몰랐을 것이다.

다음 날도 센터를 찾았다. 원장님은 내가 올 줄 알았다며, 마음씨가 고와서 훌륭한 사람이 될 거라며 반겨주셨다. 내 속셈을 알고서도 그런 말이 나올까? 내 계획을 말하면 원장은 어떤 표정을 지을까? 궁금했지만 입을 꾹 닫았다.

한 아이의 숙제를 봐 주고 있을 때 밤톨이와 지수가 나타났다. 아이들은 날 보더니 반가워하며 쪼르르 달려왔다. 누군가 날 반기는 게 오랜만이라 묘한 기분이 들었다.

밤톨이는 2학년인데도 아직 한글이 서툴렀다.

"엄마가 한글 안 가르쳐 줬어?"

내가 묻자 밤톨이는 명랑하게 답했다.

"학교 다니면 저절로 잘하게 된다고 그랬어."

맞는 말이다. 그래도 2학년에 올라갔는데 아직도 한글을 못 떼었으면 좀 더 신경 써야 하는 거 아닌가? 하긴, 내가 무슨 참견이냐.

"우와! 누나 진짜 글씨 잘 쓴다! 우리 누나는 엄청 못쓰는데."

밤톨이가 내 글씨를 보며 칭찬했다.

"내가 공부는 못, 아니 싫어해도 이 글씨 때문에 부반장까지 했던 사람이야!"

사실이었다. 초등학교 6학년 때, 아이들은 내 글씨체가 예쁘다며 반장으로 추천했다. 이유가 좀 궁색해서 기대하지 않았는데 한 표 차이로 덜컥 부반장에 당선되고 말았다. 뭐, 스스로도 기적 같은 일이라 생각한다.

"너희 누나는 학원 안 다녀?"

자고로 질문이란 이렇게 불쑥 던져야 제 맛이다.

"아니! 세 개나 다녀. 영어 학원, 피아노 학원, 논술 학원. 영어 학원은 월, 수, 금요일에 가고 논술 학원은 화, 목요일에 가고, 피아노 학원은 매일. 원래는 영어 학원만 다녔는데 더 다니게 해 달라고 막 졸라 댔어. 누나는 진짜 이상해. 난 학원 엄청 싫은데!"

역시나 밤톨이는 질문 하나를 던지면 서너 개를 답했다.

"나도. 학원 재미없어."

"우리 누나는 집에서도 공부만 해. 나하고는 놀아 주지도 않아. 막 화내고 짜증 내고. 신경질 내고!"

밤톨이의 말에 어두컴컴했던 좌은혜 얼굴이 생각났다. 그러고 보니 밤톨이는 누나와 매우 다른 녀석이다. 시종일관 밝다.

"너 그럼 저녁은 누구랑 먹니?"

"혼자서 먹을 때도 있고, 누나 올 때까지 기다렸다 먹기도 하고."

"몇 시에 오는데?"

"음, 빨리 올 땐 7시! 늦게 올 땐 9시!"

나는 정보를 재빨리 머릿속에 입력했다.

"집 근처에 다른 가족은 없어? 할머니라든가 이모, 고모라든가."

"없어. 다 멀리 살아."

그 말은 집에 불쑥 들르는 사람이 없단 이야기? 좋은 정보였다.

"너 어제는 집에서 뭐 했어?"

혹시나 저녁에 그 인간이 들렀을까 봐 물어봤다.

"어제 TV 보다가 잤어. 엄마 안 들어와서."

"그랬구나."

뭐 한다고 집에는 안 들어간담? 끼리끼리 만난다더니 얘네 엄마도 참 책임감이 없는 모양이었다. 휴, 제대로 된 어른들이 한 명도 없다, 한 명도!

너 어디야? 학원 빠진 지 오래됐다며? 빨리 병원으로 와.

센터를 나오며 휴대폰을 들여다봤더니 이모에게서 문자가 와 있었다. 엄마가 평소 보냈던 문자랑 비슷해서 하마터면 엄마인 줄 알았다.

그나저나 학원에 안 나간 걸 이모에게 들켰으니 잔소리 좀 듣겠다. 나는 털레털레 병원으로 향했다.

"범아리! 학원은 왜 안 갔어? 너까지 이러면 돼?"

병실에 들어서자마자 이모가 팔짱을 끼고 쏘아붙였다. 나는 이모가 슬픈 얼굴이 아니라서 마음이 놓였다.

"이모 같으면 아빠가 운영하는 학원에 다니고 싶겠어? 근데 웬일로 왔어?"

"누구 딸 아니랄까 봐 말 한번 잘해요. 이것 때문에 왔지!"

이모가 나를 흘겨보며 종이를 팔랑 팔랑 흔들었다.

나는 날쌔게 가서 종이를 낚아챘다. 그건 아빠가 보낸 '이혼 서류'였다. 하필 엄마가 병원에 누워 있을 때 이혼 서류를 보내다니, 분노가 치밀었다.

"아이 키우면서 일까지 하느라 바빴어. 자주 못 찾아와서 서운하겠지만, 너는 이해해 주리라 믿는다. 오늘도 마감할 원고가 있었는데 사정 이야기하고 달려온 거야. 이런 걸 보냈다는데 도저히 가만히 있을 수가 없어서."

병원으로 이혼 서류가 오자 이모에게 연락이 간 모양이었다. 이모는 실력 있는 번역가라서 항상 일에 둘러싸여 있었다. 엄마가 우스갯소리로 "네 이모는 한 시간에 10만 원을 받는 사람이야."라는 말을 한 적이 있다. 그런 이모가 만사를 제치고 달려올 만큼 이건 큰일이었다.

"그리고…… 아리 네가 마음에 걸렸어. 집에서 밥은 잘 챙겨 먹는지 학교에서는 별일 없는지 원. 학원은 그렇다 쳐도 학교는 잘 다녀서 다행이다. 밥 먹자. 맛있는 거 사 줄게."

이모는 대답할 겨를도 주지 않고 나를 밖으로 끌고 나갔다. 역시나 뭘 먹고 싶은지 묻지도 않고 식당으로 데려가 양념갈비를 주문했다. 씩씩한 이모의 모습에 웃음이 나왔다.

"그래, 웃어. 훨씬 보기 좋다. 그리고 왜 그렇게 말랐니? 어휴, 내가 널 생각하면……. 네 아빠는 도대체 어떤 인간이니? 사람이 미쳐도 곱게 미쳐야지. 어이가 없어서."

이모는 화를 내며 갈비를 구웠다. 또 화를 내며 갈비를 자르고, 내 접시에 열심히 날랐다. 힘내라고 응원해 주는 말보다 이쪽이 몇 배는 더 힘이 났다. 나는 이모가 주는 것을 열심히 받아먹었다. 그제야 이모 얼굴에도 옅은 미소가 피어났다.

"아리야, 정신 똑바로 차려야 한다. 엄마에게 이제 너 하나뿐이야. 그리고 걱정 마. 네 엄마는 곧 괜찮아질 거야. 이제 네 아빠는 잊고 둘이 씩씩하게 살면 돼."

이모의 말에 나는 고개를 저었다.

"어떻게 그래. 우리에게 행패 부린 거, 엄마를 저 지경으로 만든 거, 난 절대 못 잊어. 그 인간도 싫지만 그 여자, 그리고 그 여자네 가족들도 다 용서 못 해."

"사실 나도 그래."

이모는 한숨을 내쉬더니 다시 말했다.

"그 여자 너희 엄마랑 같은 학원에서 일했대. 둔한 네 엄마는 눈치도 못 채고 있었는데 어느 날 그 여자가 그러더란다. 둘이 사랑하는 사이니까 헤어져 달라고. 어쩜 인간들이 그렇게 뻔뻔하니? 네 엄마, 나한테 전화 와서 울고불고 난리 났었다. 그때까지만 해도 잠깐 지나가는 바람인 줄 알았지. 그런데 아니었어."

이모 얼굴을 멀뚱히 쳐다봤다. 엄마는 나보다 훨씬 전에 그 사실을 알고 있었다. 나한테 털어 놨더라면 좋으련만……. 하긴 내가 안들 별달리 뭘 할 수 있었을까.

마음속에서 세찬 소용돌이가 몰아쳤다. 몸속이 뜨거워지면서 별안간 눈물이 쏟아졌다.

"자, 이거 받아. 울면 좀 나아지더라."

이모는 휴지를 건넸다. 하지만 이모 목소리도 파르르 떨리고 있었다.

'내일 바로 작전 개시다. 그 여자도 느껴 봐야 해. 소중한 게 망가지는 슬픔이 어떤 것인지.'

나는 주먹을 꾹 쥐었다. 아빠가 생길지도 모른다며 좋아하던 밤톨이의 얼굴이 떠오르자 손에 더욱 힘이 들어갔다.

디데이, 망설이지 말고 행하라

아침에 일어났더니 몸이 무거웠다. 거울 속의 얼굴이 통통 부어 있다. 오늘따라 학교에 가기 싫었다. 엄마가 알면 화낼 일이지만 나는 학교를 빠지기로 마음먹었다. 사정을 알 리 없는 학교에서는 아빠에게 연락할 테지만, 아빠는 나한테 잔소리할 엄두도 못 낼 것이다. 설사 이모 귀에 들어갔다고 해도 하루 정도는 이해할 것이다.

텅 빈 집에 적막이 흘렀다. 아무도 없는 집은 광활한 사막 같았다. 그동안 우리 집에 놀러 오는 사람들마다 세 명이 살기에 집이 너무 크다고 말했다. 그때는 그 말을 이해할 수 없었지만 지금은 공감한다. 혼자 남겨진 집은 단칸방도 운동장만큼 크게 느껴진다는 걸 알게 됐으니까.

"너무 빨리 어른이 되지는 마라. 너한테는 엄마도 있고, 나도 있잖니."

어제 저녁을 먹고 나오며 이모는 이렇게 말했다. 이모는 뭔가를 느낀 걸까? 친구들과 대화를 해도 하나도 즐겁지 않고, 맛있는 음식을 봐도 먹고 싶은 생각이 들지 않는다. 이런 게 어른이 되어 간다는 걸까?

나는 책상에 앉아 연필을 들고 빈 종이에 좌은혜와 밤톨이를 어떻게 혼내 줄지 적어 내려갔다. 일단 욕부터 마구 해 준 후에, 드라마에서 본 것처럼 뺨을 연달아 두세 대쯤 때려 줄 거다. 이게 끝이냐고? 천만에. 나는 종이에 '주먹질'이라고 적었다. 나는 운동 한 번 배워 본 적 없는 말라깽이지만 두 아이를 때릴 힘 정도는 충분하다.

그 집에는 저녁 7시에 갈 생각이었다. 금요일에는 좌은혜가 그때쯤 집에 온다고 했으니까. 아이들을 혼내 주다가 만약 여자가 들어오면 아주 깽판을 칠 생각이었다. 소리를 지르고 비명을 지르고, 여자에게 물건을 던지고 온 집안을 박살내 줄 거다. 혹시 그 인간도 함께 들어온다면? 그래도 계획에 변경은 없다. 맞아 죽는 한이 있어도 난 그들에게 상처를 주고 말 거니까. 오늘 일이 두고두고 생각나 괴롭도록 말이다.

시간은 더디 흘렀다. 입맛이 없었지만 라면에 밥을 말아 먹었다. 힘을 내야 했으니까.

차가운 집에 혼자 있기 싫어 점심이 지난 후 집을 나섰다. 카페에 들러 달달한 과일주스와 조각 케이크도 먹고, 문구점도 기웃거렸다. 그런데도 시간이 가지 않아 병원에 갔다. 사실……. 엄마가 몹시 보고 싶었다.

아주머니는 교복도 입지 않고 나타난 나를 보고 깜짝 놀란 눈치였다.

"아리야, 학교는 어쩌고?"

"오늘 개교기념일이에요. 미리 말씀 못 드려 죄송해요. 학원이 빨리 마쳐서 들렀어요. 오늘은 이만 가 보셔도 좋아요."

미리 생각이라도 했던 것처럼 내 입에서는 거짓말이 술술 흘러 나왔다.

"오늘은 아리 덕분에 휴가를 받겠구나. 고맙다."

나는 아주머니가 병실을 나가는 걸 확인하고 나서야 엄마에게 고개를 돌렸다. 엄마는 멍한 눈으로 창밖만 보고 있었다.

"엄마도 알고 있지? 내가 거짓말 한 거. 오늘 나 결석했어. 앞으로 그냥 학교에 가지 말까 봐."

오늘따라 대답이 없는 엄마 모습에 골이 났다.

"엄마, 나 안 혼낼 거야? 이대로 망가지게 놔둘 거야? 응? 나 잘못되면 다 엄마 탓이야!"

강짜를 부리는데도 엄마는 평온했다. 한동안 병실은 고요했다. '픽픽' 가습기 돌아가는 소리만 병실에 울려 퍼졌다.

"농담이야. 내가 왜 망가져? 나 잘 살 거야. 이 모든 건 아빠랑 그 여자 탓이지, 엄마나 내 탓이 아니야. 오늘 그 집에 쳐들어갈 거야. 그래야 나중에 엄마 일어나도 덜 후회할 것 같아서. 나 깡다구 있는 거 알지? 가서 잘하고 올게. 우리보다 더 아프게 마구 흠집 내고 올게."

저녁 6시가 되자 나는 병원을 나섰다. 그리고 버스를 타고, 걷고 걸어 발리 빌라를 찾아갔다. 혹시나 마음이 약해질까 봐 온갖 나쁜 생각을 다 떠올렸다. 그리 어려운 일은 아니었다. 요즘 내게 일어난 일들이 전부 나쁜 것들뿐이었으니까.

어스름 해가 지고 있었다. 어둠이 찾아오면 모든 더러운 것들은 그 속에 감춰지기 마련이다. 오늘 내가 저지른 일도 그렇게 감춰지고 말 것이다.

발리 빌라에 도착해 4층을 올려다보니 불이 켜져 있었다.

'혹시 그 여자가 있으면 어떻게 하지?'

갑자기 심장이 방망이질쳤다.

'뭘 어떻게 해. 계획대로 해야지. 범아리! 넌 해야 해! 할 수 있어! 언제까지 호구처럼 살래?'

내 자신을 채찍질하며 계단을 올랐다. 숨이 찰 겨를도 없이 발걸음이 405호에 멈췄다.

'에라 모르겠다!'

문 옆에 있는 초인종을 세 번 연달아 눌렀다.

"누구세요?"

틀림없는 밤톨이 목소리였다.

"나야, 범아리."

"누구라고?"

문이 열리자 눈을 동그랗게 뜬 밤톨이가 서 있었다.

"어? 누나! 우리 집은 어떻게 알았어?"

"센터에 물어봤어. 들어가도 되지?"

나는 밤톨이가 대답도 하기 전에 집 안으로 들어갔다.

아주 좁은 집이었다. 소파와 텔레비전, 거실장만으로도 거실이 꽉 찼다.

"누나 왜 오늘 센터에 안 왔어? 지수랑 나랑 기다렸는데. 오늘 같이 블록 놀이하기로 했잖아."

밤톨이가 재잘재잘 떠들었다.

"일이 있어서. 근데 너 혼자야? 누나는?"

"학원에서 올 때 다 됐어. 근데 우리 집에는 왜 온 거야?"

"할 일이 있어서."

내 말에 밤톨이는 고개를 갸웃거렸다. 나는 허락도 받지 않고 집 구석구석을 살펴봤다. 안방도 화장실도 마음대로 들어갔다. 밤톨이가 그런 나를 이상하게 보든 말든.

"우리 누나 알면 혼나는데!"

내가 마지막 남은 방의 문을 열자 밤톨이가 소리치며 달려왔다. 여기가 좌은혜 방인가 보다. 나는 밤톨이의 말에도 아랑곳하지 않은 채 방을 샅샅이 살폈다. 분홍색 벽지는 때가 타 있고, 침대와 책상은 매우 낡아 있었다.

책상 위에 이런저런 책들이 가득했다. 서랍을 열었더니 학용품이 깔끔하게 정리돼 있었다. 그때 분홍색 노트 하나가 눈에 띄었다.

"이리 줘. 그거 우리 누나 일기장이란 말이야!"

"정보 땡큐!"

나는 일기장을 홱 펼쳤다. 아주 예쁜 글씨가 눈에 들어왔다. 내 글씨보다 더 예쁜 글씨였다. 화가 나서 일기장을 마구 찢어 버리고 싶었지만 참았다. 이런 데다 힘을 쓰면 안 되니까.

엄마가 싫다. 밉다. 아저씨는 더 싫다. 다 죽어 버렸으면 좋겠다.

일기장 한 구절에 눈길이 갔다. 가만 보면 좌은혜랑 나는 통하는 게 많다.

'나도 그래. 너희 엄마랑 우리 아빠가 죽어 버렸으면 좋겠어.'

라면 먹기 좋은 날

"너 누구야? 그거 내놔!"

누군가가 일기장을 채갔다. 좌은혜였다. 벌개진 얼굴이 곧

터질 것 같았다.

"너라니! 나 너보다 두 살이나 많은 거 잊었어?"

여유 있게 되물었다. 내 말에 좌은혜는 날아오는 야구공에 맞은 것처럼 벙찐 얼굴로 멀뚱히 서 있었다.

"나가! 여기가 어디라고 온 거야? 내 일기장은 왜 보냐고?"

정신이 돌아온 모양이다. 빽 소리치며 내 등을 떠미는 걸 보니.

"누나 왜 그래?"

밤톨이가 옆에서 우는 소리를 한다.

나는 좌은혜에게서 일기장을 도로 빼앗았다. 그러곤 거실로 걸어가며 큰 소리로 읽었다.

"나는 엄마가 싫다. 그냥 우리랑 살면 될 텐데 왜 남자를 만나는지 모르겠다. 학원 원장님이라는 아저씨는 우리에게 친절하게 굴지만 가식이라는 걸 안다. 둘 다 싫다."

"그거 안 내놔?"

좌은혜가 빼앗으려고 손을 뻗었지만 역부족이었다. 좌은혜보다 훨씬 키가 큰 내가 일기장 든 손을 위로 올려 버렸으니까. 그러자 좌은혜는 약이 올랐는지 고래고래 소리 지르더니 마침내 나를 밀쳤다. 이게 잠자는 사자의 코털을 건들다니!

"야! 너 죽을래?"

좌은혜를 밀치고 일기장을 박박 찢었다. 좌은혜는 바닥에 앉아 엉엉 울고, 밤톨이는 내게 달려들어 마구 주먹을 날렸다.

"이 밤톨만 한 게!"

나도 지지 않고 주먹으로 밤톨이 머리를 냅다 갈겼다. 그러자 밤톨이가 울면서 좌은혜에게 달려갔다. 아직 본격적으로 주먹질을 시작한 것도 아닌데 둘 다 울고 난리다.

"누나, 엄마한테 연락하자."

밤톨이의 말에 좌은혜는 고개를 흔들었다. 천만다행이었다.

"내가 때렸어? 왜 울고 난리야?"

내가 쏘아대자 밤톨이가 울먹이며 말했다.

"때렸잖아."

"그건 때린 것도 아니거든? 나 오늘 작정하고 왔어! 각오해, 실컷 두드려 패 줄 테니까!"

"우리가 뭘 잘못했는데 그래? 누나 나빠!"

밤톨이가 빽 소리쳤다.

"원장 아저씨가 우리 아빠다! 너희 엄마가 바람피우는 남자가 우리 아빠라고!"

내 말에 밤톨이는 울음을 멈추고 커다란 눈만 끔뻑끔뻑했다.

"너희 아빠가 바람피우는 사람이 우리 엄마인 거야."

좌은혜가 쏘아댔다. 저게, 누구더러 너래? 나는 달려가서 손바닥으로 좌은혜 머리를 내리쳤다.

"내가 너보다 두 살 많다고! 까불지 마."

좌은혜는 머리를 문지르며 날 째려봤다.

"째려봐도 소용없어. 너희 때문에 우리 집이 얼마나 망가졌는지 알아? 우리 엄마는 충격으로 쓰러져서 병원에 누워 계셔. 움직이지도 못하고 말도 못한다고!"

내 말에 좌은혜의 눈동자가 흔들렸다.

"너희 엄마 때문에 모든 게 다 망가졌다고! 소리 지를 사람은 나란 말이야! 알아?"

말하다 보니 점점 더 화가 났다. 나는 소파 위에 있던 쿠션을 들어 좌은혜에게 집어던졌다.

"그럼 엄마한테 가서 따지면 되잖아! 왜 우리한테 행패야?"

좌은혜가 쿠션을 내게로 다시 던졌다. 쿠션이 내 가슴팍에 맞고 떨어졌다.

"이게, 말로 하니 안 듣지!"

나는 쿠션을 들고 좌은혜에게 성큼성큼 다가갔다. 그리고 힘껏 내리쳤다.

"너희 엄마한테 너희가 가장 소중할 것 아니야? 그래서 내가 상처 주려고 왔다, 어쩔래? 내가 상처받은 것처럼 너희도 가만두지 않을 거라고오!"

"으악!"

좌은혜가 이를 악물더니 내게 달려들었다. 분명히 말하지만 좌은혜가 먼저 시작했다. 내 머리를 잡아당기는 바람에 나 역시 좌은혜 머리를 잡아당겼고, 밤톨이가 주먹질을 하는 바람에 발차기로 맞대응한 것뿐이다. 그리고 두 아이의 합세에 맞서 주먹과 발을 휘두른 것뿐이다.

한참 동안이나 악을 쓰며 거실을 뒹굴었다. 무엇인가가 넘어지고 쓰러지고 떨어지는 소리가 났지만 조금도 신경 쓰이지 않았다. 이건 절대 양보할 수 없는 싸움이었다.

얼마나 흘렀을까. 숨이 차고 몸에서 힘이 빠졌다. 나는 방바닥에 벌러덩 드러누워 숨을 몰아쉬었다.

"흐엉, 흐엉. 누나 나빠. 흐어어엉."

힘이 남아도는지 밤톨이는 쉬지 않고 울어 댔다.

어느 정도 숨을 고른 후 옆을 봤더니 좌은혜 얼굴에 벌건 손톱자국이 나 있고, 머리는 산발이 되어 있었다. 나도 비슷한 몰골일 것이다. 밤톨이 얼굴 역시 벌게져 있었다.

"언니는 번지수를 잘못 짚었어."

천장을 보고 누운 좌은혜가 조용히 말했다.

"우리 엄마에겐 우리가 소중하지 않을걸? 우리 의견은 묻지도 않고 자기 마음대로 아저씨랑 사귀기 시작했단 말이야. 나도 상처 받았다고. 언니처럼."

그래, 맞다. 좌은혜도 나처럼 어른들의 결정을 뒤집을 능력이 없다. 그러니까 쟤나 나나 상처를 주는 대로 받을 수밖에 없는 존재라는 거다. 하지만 지금의 나에게는 그런 걸 이해해 줄 수 있을 만한 마음의 여유가 없다.

"그래도 너희는 엄마, 아빠 다 있잖아. 나는 아빠란 인간은 집 나가고, 엄마는 언제 나을지도 몰라. 너희도 나처럼 소중한 걸 잃어야지. 나만 잃을 수 없잖아. 억울하잖아."

한바탕 뒹굴면서 말에 박혀 있던 가시가 빠진 모양이었다. 내 말이 부드럽게 들릴까 봐 걱정돼서 뒤늦게 좌은혜를 째려봤다.

"엄마는 그제도 안 들어오고, 어제도 안 들어오고, 오늘도 안 들어온대. 저런 엄마는 없는 게 나아. 차라리 우리 엄마가 누워 있는 게 나아. 언니네 엄마가 아니라."

좌은혜가 여전히 천장을 보며 말했다. 그 모습을 보니 화가 치밀어 올랐다.

"야! 너 말이면 다냐? 너희 엄마가 대신 아팠으면 좋겠다고? 지랄하네. 움직이지도 못하고, 말도 못하고 멍하니 창밖만 보는 엄마 지켜보는 게 얼마나 힘든지 알기나 해? 대답하지 않을 걸 알면서 말 거는 기분이 얼마나 더러운지 아냐고!"

나는 벌떡 일어나며 소리쳤다. 그런 나를 좌은혜가 멀뚱히 쳐다봤다.

"미안. 난 그런 뜻이 아니라……."

뜻밖의 사과에 어안이 벙벙해졌다.

나는 자리에서 일어나 소파로 갔다. 순간 지금 여기서 내가 뭘 하고 있는 건지, 스스로가 한심하게 느껴졌다. 내 미션은 순조롭게 진행된 듯했지만 어딘가 이상했다. 이 빠진 접시처럼, 뒤틀린 뚜껑처럼 묘하게 어긋나 있었다. 그래, 한마디로 영 '폼' 나지 않았다. 적을 응징하는 영웅처럼 혼내 주고 당당히 박차고 나가는 모습을 상상했는데 일기장을 빼앗아 찢고, 머리를 잡아 당기고, 뒹굴고……. 곰곰이 생각해보니 모든 게 엉망이었다.

"에휴."

절로 한숨이 나왔다.

좌은혜와 밤톨이는 어느새 멀찍이 앉아 있었다.

"꼬르륵."

밤톨이의 배에서 나는 소리였다.

"배고파. 누나랑 밥 먹으려고 참았단 말이야."

밤톨이가 양손으로 배를 감싸 안고 작은 목소리로 중얼거렸다.

"멍청아. 이런 상황에서 배가 고프냐?"

좌은혜가 동생을 나무랐다. 하지만 곧 '꼬르륵' 좌은혜의 배에서도 신호가 났다.

"집에 먹을 건 있냐?"

에라, 모르겠다! 어차피 스타일 구긴 거, 어차피 뻔뻔해진 거 끝까지 가 봐야겠다. 나는 부엌으로 걸어가 냉장고 문을 열었다. 텅텅 비어 있었다. 밥통을 열었다. 역시나 비어 있었다.

"쯧쯧. 집안 꼴이 이게 뭐야?"

내 입에서 이모가 할 법한 말이 나왔다.

"무슨 상관이야?"

좌은혜가 가시 돋친 목소리로 쏘아 댔다.

"라면 없어?"

나는 점점 뻔뻔해졌다.

"싱크대 아래 서랍에 있어."

밤톨이가 쪼르르 달려와 말했다. 서랍을 열어 보니 라면 몇 개가 굴러 다녔다.

"일단 휴전! 먹고살자고 하는 짓인데."

냄비에 물을 받아 가스레인지에 올렸다. 밤톨이가 불을 켰고, 나는 라면 봉지를 뜯었다. 거실을 보니 좌은혜는 난장판이 된 거실을 정리하고 있었다.

"누나, 물 끓었어!"

밤톨이가 소리쳤다. 나는 냄비에 면과 스프를 넣었다. 라면이 끓자 고소한 냄새가 집안에 퍼져나갔다. 절로 침이 고였다.

뚜껑을 열어 보니 꼬불꼬불 맛있게 익은 라면이 한가득 담겨 있었다. 나는 냄비를 식탁 위에 올려놓았다.

"먹자!"

내 말이 끝나기가 무섭게 밤톨이는 젓가락질을 하기 시작했다.

그때였다. 좌은혜가 쾅쾅 발을 구르며 걸어오더니 밤톨이의 젓가락을 빼앗았다.

"야! 너 지금 라면이 넘어가? 그리고 너는 왜 남의 집에서 멋대로 굴어?"

또 나더러 '너'란다. 한 대 쥐어박을 힘이 없어서 일단은 참는다.

"히잉, 배고파서 그렇지."

밤톨이가 입을 삐죽이며 울 준비를 했다. 나는 서둘러 밤톨이 등을 두드렸다.

"괜찮아, 먹어."

그리고 이번에는 좌은혜를 봤다.

"너도 먹어라. 싸우는 것도 힘이 있어야 하지."

좌은혜가 얼빠진 얼굴로 나와 밤톨이를 번갈아 쳐다봤다. 그러곤 포기했는지 우물쭈물 의자에 앉았다.

"후르륵, 후릅 후릅."

우리는 말없이 라면을 먹었다. 천하의 원수들에게 라면을 끓여 주다니 아무리 생각해도 나는 호구 중의 호구인가 보다. 지금이라도 점잔을 빼고 멋있게 퇴장하면 좋겠지만 젓가락이 계속 냄비 속으로 들어가니 기막힐 노릇이었다.

에라, 모르겠다! 뒷일은 다 먹고 나서 생각하기로 했다. 나는 생각이란 걸 하면 꼬이고 마니까. 지금 중요한 건 이거다. 라면이 끝내주게 맛있다는 것. 아, 정말 라면 먹기 좋은 날이다.

피에로는 날 보며 웃지

아르바이트

나는 지금 가면 속에 있다. 내 가면은 단단해서 쉽게 부서지지 않는다. 고로, 누구도 함부로 열고 들어올 수 없다. 오늘도 나는 안전한 가면 속에 들어가 사람들을 만난다. 분홍색 물방울 무늬가 수놓인 화려한 옷을 입고 귀까지 찢어진 입으로 언제나 웃고 있는 피에로. 그게 바로 내 가면이다.

피에로 차림으로 풍선을 부는 아르바이트를 시작한 지도 어느새 다섯 달이 지났다. 새로 오픈한 가게 앞이나 행사장에서 음악에 맞춰 춤을 추며 풍선을 불어 나눠 주는 게 내 일이다. 10분만 서 있어도 땀범벅이 되는 여름만 아니면 이 일도 꽤 할 만하다. 가장 매력적인 건 뭐니 뭐니 해도 시급이다. 그동안 음식점 서빙, 오토바이 배달, 전단지 배포와 같은 일들을 쭉 해 왔지만 이 일만큼 시급이 괜찮은 아르바이트는 없었다. 나처럼 학교에 다니며 돈을 벌어야 하는 고등학생들에게는 제격이었다.

무엇보다 가장 좋은 건 이거다. 사람들에게 곰보 자국을 보여 주지 않아도 되고, 여자처럼 가느다란 목소리를 들려주지 않아도 된다는 것. 피에로 분장만 하면 없던 용기가 생긴다. 만약 이 일을 하지 않았다면 평생 내 안에 용기라는 게 있는 줄도 몰랐을 거다. 아마 소심함과 비굴함만 가득 차 있을 거라 여기며 살았겠지. 그런 생각을 하면 이 아르바이트를 만난 게 행운처럼 느껴진다. 이태양, 열일곱 인생에 몇 안 되는 행운 중 하나.

처음 일을 시작했을 땐 어리바리했지만 지금은 완벽한 피에로 광대다. 사람들의 관심을 즐기며 익살스런 표정으로 풍선을 나눠 주고, 음악 소리에 맞춰 흥겹게 춤도 춘다.

피에로 차림이라면 누구에게도 말을 걸 수 있고, 누구와도 친구가 될 수 있다. 맨 얼굴의 나라면 못할 테지만 내겐 피에로 가면이 있으니 염려 없다.

"인마! 뭘 그렇게 꾸물대?"

거친 목소리에 정신이 번쩍 뜨였다. 내게 무식하게 소리치는 저 남자는 오늘 내가 일하게 될 휴대폰 대리점 사장이다. 난생 처음 본 사이인데도 반말은 예사요, 이 자식 저 자식 막 무가내다.

'하필 내레이터 누나들 있을 때 혼내는 게 뭐냐! 아우, 진짜!'

속이 부글부글 끓어올랐지만 꾹 참았다. 밉보였다간 일하는 내내 냉수 한 컵 얻어 마시지 못할 수도 있다.

사장 옆에 서 있던 내레이터 누나 두 명이 나를 따라 대리점 밖으로 나왔다. 누나들은 노란색 유니폼을 입고 있었다. 가슴과 배꼽만 간신히 가린 상의에 손바닥만 한 미니스커트, 그 아래로 늘씬한 다리가 쭉 뻗어 있었다. 한 명은 아래로 처진 눈꼬리가 착해 보였고, 또 다른 한 명은 이목구비가 또렷하고 입이 커서 시원시원한 인상이었다. 둘 다 긴 생머리에 키와 몸매가 비슷해서 언뜻 보면 쌍둥이처럼 보였다.

오늘은 오전 11시부터 오후 5시까지 일하면 된다. 일하는 시간 45분에 쉬는 시간 15분까지 합해서 '한 타임'이다. 점심시간을 제외하고 총 다섯 타임을 일해야 하루 일당을 받는다. 사장이든 손님이든 진상만 만나지 않으면 꽤 재밌게 할 수 있는 일이다. 끈기 없기로 유명한 내가 이 일을 계속 하는 건 바로 그래서다.

새로 문을 연 휴대폰 대리점 앞에서 손님들에게 풍선을 나눠주는 일, 그것이 나의 일이다. 나는 말없이 퍼포먼스로 손님들을 끌어 모으면 된다. 멘트는 내레이터 누나들이 담당하기 때문에 말하는 걸 싫어하는 나에게는 딱 맞다.

'이 정도면 식은 죽 먹기지.'

나는 풍선 하나를 주머니에서 빼 입에 물었다. 한 손으로 풍선 끝을 쭉쭉 잡아당기며 '후' 하고 짧은 숨을 내뿜었다. 그러자 손가락만 했던 풍선이 금세 내 머리통만큼 커졌다.

처음에는 모든 게 낯설고 힘들기만 했다. 키다리 발판인 스틸트를 타고 걷는 연습을 했을 때도 그랬다. 나무 발판이 무거워 한 걸음을 내딛는 것조차 힘겨웠다. 넘어져 무릎이 까진 적도 많았다. 풍선 부는 것도 마찬가지다. 처음에는 풍선을 불 때마다 볼이 얼얼하고 입안이 찌릿찌릿해 혼났다. 그렇지만 한 달정도 꾸준히 연습했더니 지금 같은 실력이 되었다.

"와! 풍선 엄청 빨리 부네요? 대단하다!"

처진 눈 누나가 날 보며 말했다. 웃는 모습이 티 없이 맑았다. 화장을 지운다면 지금보다 더 예쁠 것 같았다.

"사장 말 신경 쓰지 마요. 어딜 가든 저렇게 못 배운 걸 티 내는 인간들이 있어요. 이럴 때 난 그냥 무시해 버려요."

이번엔 입 큰 누나가 말했다. 피에로 분장을 한 내가 자신들보다 나이가 많을 거라 생각한 걸까? 누나들은 내게 존댓말을 썼다. 이유야 어쨌든 누군가에게 존댓말을 듣는 것은 한 명의어른으로, 아니 인간으로 대접받는 기분이 들어 좋다.

나는 고맙다는 뜻으로 고개를 까닥거렸다. 피에로의 빨간입술이 이미 웃고 있으니 표정 관리는 따로 할 필요 없다. 마음 같아선 고맙다고 말하고 싶었지만 여자처럼 가느다란 내 목소리를 들으면 어리게 보고 말을 놓아 버릴지도 모른다. 어쩌면 비웃음을 당할 수도 있다. 그러니 굳이 불필요한 일은 벌이지 않는 게 좋다. 지금처럼 안전한 가면 속에 들어와 있을 때는 더더욱.

오늘은 시간이 빨리 흐를 것 같다. 이렇게 예의 바른 누나들과 일한다면 팀워크가 안 맞아 다투거나 짜증날 일도 없을 테니말이다. 그동안 내레이터 누나들에게 당했던 걸 생각하면 속에서 천불이 솟는다. 사장이 자신이 갑인 걸 대놓고 티 내듯, 행사장에서 만나는 내레이터 누나들도 대부분 나를 함부로 대했다. 내가 자기 친동생이라도 되는 것처럼 말을 놓는 것은 기본이요, 미안한 기색 없이 온갖 짜증을 내게 쏟아 냈다. 그런데 이런 누나들도 있었다니. 앞으로도 더도 말고 덜도 말고 오늘만 같아라!

가게 앞에 풍선으로 된 아치장식이 근사하게 설치돼 있었다. 이윽고 고속도로 휴게소에서 들을법한 시끄러운 유행가들이 대형스피커에서 흘러나오기 시작했다. 진짜 가수가 아닌 다른 가수가 부르는 유행가는 원곡보다 훨씬 더 템포가 빨랐다.

"헬로 휴대폰 대리점! 오늘 오픈했습니다. 아직도 옛날 휴대폰 쓰고 계신가요? 최신 휴대폰은 비싸다는 생각을 하고 계신 분들, 요즘 소식에 둔감한 분들을 위해 여러 가지 혜택으로 싸게 구입할 수 있는 최신 휴대폰이 입고되어 있습니다. 주변 어느 대리점보다 싼 가격으로 모시고 있으니까요, 지금 한번 들러 보세요."

입 큰 누나 입에서 경쾌한 '솔' 음이 흘러나왔다. 옆에서 처진 눈 누나가 음악에 맞춰 살랑살랑 몸을 흔들기 시작했다. 그러자 사람들의 눈길이 하나둘 모여들었다. 신나는 음악에 나도 덩달아 흥이 났다.

노래

세상에 많은 음악이 있지만 지금 이곳에 가장 잘 어울리는 노래는 바로 근본을 알 수 없는 유행가다. 이 일을 하기 전까지 나는 유행가 따윈 유치하다며 듣지 않았다. 내가 좋아하는 노래는 영화 주제곡이었다.

중학교 1학년, 가슴이 몹시 답답하던 날 학교를 결석하고 시내 영화관에서 멜로 영화를 봤다. 하루하루 벌어먹고 사느라 힘든 우리 엄마는 아들이 결석을 하는지, 졸업을 하는지, 상을 받는지 도통 관심이 없었다. 그래서 나는 본의 아니게 부모의 과잉보호와 잔소리에서 일찌감치 제외된 자유로운 아이가 됐다. 친구들은 이런 나를 부러워했지만 오히려 나는 적당한 잔소리를 듣고, 관심을 받으며 사는 친구들이 부러웠다. 아니, 어쩌면 "이번 시험에서 성적 올리면 너 원하는 것 사 줄게."와 같은 공약을 거리낌 없이 내거는 그들 부모의 재력이 부러웠는지도 모르겠다.

나는 학교에서도 자유로웠다. 변성기를 거친 굵은 목소리의 사내아이들 틈에서 여린 목소리를 지닌 나는 이질적인 존재였을 것이다. 거기에다 어릴 적 수두를 앓아 생긴 곰보자국마저 놀림의 이유가 되었다. 아이들 틈에 낄 수 없었던 나는 그렇게 점점 존재감 없는 아이가 됐다. 나는 자유로워진 딱 그만큼 고독했고, 허기졌다. 헛헛한 마음은 영화와 음악으로 채웠다. 중학생 때부터 아르바이트를 쉰 적이 없던 나로서는 꽤 고급스러운 취미인 셈이었다.

그날 본 영화의 줄거리는 기억나지 않는다. 영국 영화였는데, 가을 낙엽이 포근히 쌓인 공원을 훤칠한 남녀가 다정히 걷던 장면이 기억난다. 그리고 남녀가 입을 맞출 때 흘러나왔던 음악. 팝송이라 가사의 뜻은 정확히 알 수 없었지만 노래를 듣는 내내 그 감정만은 온전히 느껴져 가슴 한쪽이 아릿했다. 별안간 눈물이 흘러나왔다. 내 안에서 무슨 일이 벌어지는지 도통 알 수 없었다. 분명한 건, 영화관을 나서며 내 마음이 몹시 개운해졌다는 거다.

나는 곧바로 음반 가게에 가서 그 영화의 주제곡이 실린 음반을 샀고, 그 후로 날마다 그 음악을 듣고 또 들었다. 어느새 입에 익을 때까지, 그래서 영어라면 치를 떨던 내가 가수처럼 완벽한 발음을 흉내 낼 수 있을 때까지.

"아저씨, 풍선 주세요."

내 앞에 키 작은 여자아이가 서 있었다. 초등학생 정도 된 것 같았다. 오늘 첫 손님이다. 나는 손바닥을 펼친 후 마치 눈앞에 창문이 놓인 것처럼 손으로 더듬거리는 짧은 퍼포먼스를 펼쳤다. 재키에게 배운 거였다. 그리고 아이의 혼이 쏙 빠진 틈을 타 재빠르게 풍선을 불었다.

"우아!"

여자아이가 감탄을 하자 옆에 서 있던 엄마가 미소를 지었다. 나는 허리를 굽혀 아이의 손에 풍선을 쥐어 주었다.

펑크 음악이 흘러나왔다. 꺽다리 피에로가 된 나는 사람들에게 풍선을 나눠 주며 팔을 좌우로 흔들어 댔다. 그때 이차선 도로를 가볍게 부유하는 검정 비닐봉지가 눈에 띄었다. 바람결에 이리저리 멋대로 날뛰고 있었다.

문득 비닐봉지가 지금 흘러나오는 유행가와 비슷하단 생각을 했다. 봉지 안에 참치 캔 하나라도 담겼다면 저렇게 맥없이 바람에 날리진 않을 거다. 유행가에도 어떤 무게가, 이를테면 뮤지션의 진지한 고민이나 세계관 등이 담겼다면 이렇게 폴폴 날리다 사라지지는 않았을 거다.

아직까지는 한가하다. 고개를 쭉 빼서 온 동네를 둘러 봤다. 스틸트에 올라간 나는 걸어 다니는 사람들 중에 가장 키가 크다. 높은 곳에 있어서인지 사람들의 표정이 다 보인다. 날 보는 사람들은 늘 웃고 있는 내 입 뒤에 숨은 뜻을 모를 테지만 나는 그들의 미세한 표정까지 다 느낄 수 있다. 누나들 몸매를 훔쳐 보며 침을 꼴깍 삼키는 아저씨부터 자신이 갖지 못한 몸매에 대한 부러움에 천박함이라는 포장을 씌워 눈을 흘기는 여자들까지. 높은 곳에서 누군가를 내려다본다는 건 짜릿하고도 재밌는 일이다. 문득, 교탁에서 날마다 우리를 내려다보는 선생님도 나와 같은 기분일까 하는 생각이 들었다. 그러자 흥분됐던 마음이 착 가라앉아 버렸다.

점심시간이 되자 누나들이 자장면을 시켜 먹자고 했지만 거절했다. 나는 말없이 가방에서 컵라면을 꺼내 누나들 눈앞에 대고 흔들었다. 누나들은 알았다는 듯 홀 테이블에 자리를 잡았다.

점심을 사 먹으면 일당에서 배추 한 잎이 사라진다. 할 것도,

사야 할 것도 많은데 돈을 함부로 써서는 안 된다. 또, 함께 밥을 먹다 보면 별 수 없이 이야기를 나눠야 하고, 목소리를 의식하느라 분명 체하고 말 거다. 그래서 나는 아르바이트를 갈 때마다 늘 가방에 컵라면 한 개씩은 챙겨 다닌다.

컵라면에 물을 붓고 퇴퇴한 창고에 몸을 숨겼다. 스틸트에서 내려와 다리를 쭉 펴고 앉았다. 두 발로 땅을 밟고 서 있자니 꼭 허공에 떠 있는 것처럼 몽롱한 기분이 들었다.

나는 컵라면 하나를 허겁지겁 비우고 구석에 앉아 눈을 감았다. 컵라면을 먹었는데도 배 속이 허전했다. 마음 같아서는 편의점에서 삼각 김밥이라도 사다 먹고 싶었지만 행사 시간 외에는 사람들 눈에 띄지 않는 게 좋다. 처음 일을 배웠을 때, 사장은 내게 피에로에 대한 환상을 깨지 말라고 했다. 스틸트에서 내려 온 채로 돌아다녔다가는 가짜 피에로인 게 들통나고 말 거라고 말이다.

'쳇! 그럼 가짜지 진짜인가?'

나는 마음속으로 투덜거렸지만 사장 앞에서는 순한 양처럼 그저 고개를 끄덕였다. 이후로 나는 일을 할 때마다 점심시간이나 휴식시간에는 사람들이 없는 어두운 창고를 찾았다.

오후가 되니 사람들이 몰려들었다. 사람들에게 풍선을 나눠주느라 두 타임이 금방 흘러갔다. 오전에 불던 바람은 한 점도 남아있지 않고 대신 햇볕이 쨍쨍 내리쬐었다. 이마에 땀이 마구 흘러내린 탓에 쉬는 시간엔 꼼짝없이 분장을 다시 해야 했다.

세 번째 타임이 되자 몸이 조금씩 무거워졌다. 다른 날 같으면 이쯤이야 거뜬한데 오늘은 유난히 버거운 느낌이다. 그게 다 새벽에 힘을 빼서 그렇다.

우리 동네에서 행사장까지 걸리는 시간은 두 시간. 새벽 일찍 집에서 나와 무거운 짐을 들고 지하철, 버스를 갈아타고 여기까지 왔다. 분장 도구와 유니폼, 스틸트 등 온갖 도구들을 직접 챙겨 다니기 때문에 먼 거리에 행사가 잡히면 여간 곤혹스러운 게 아니다.

"이것 봐! 마른 몸에 알통도 생겼어. 요즘 근육남이 대세잖냐!"

계란만 한 알통을 보여 주며 자랑하던 재키가 떠올라 나도 모르게 '푸풉' 웃음이 터져 나왔다.

재키

일을 막 시작했을 무렵, 한 달 정도 사장님께 일을 배운 후 선배들을 따라 현장으로 나갔다. 2인 1조로 움직였는데, 내가 처음 현장에서 함께 일한 선배가 바로 재키다. 현장에 도착하니 이미 피에로 옷을 입은 재키가 나를 맞이했다.

"반갑다! 난 재키."

재키가 내민 손을 얼떨결에 잡고 흔들었다. 나보다 경력이 많다고 들었기에 당연히 나보다 형인 줄 알았다. 그래서 꼬박꼬박 존댓말을 썼다. 동갑이라는 걸 알게 된 것은 함께 일한 지 한

달이 지나서였다.

재키는 모든 것이 다 능숙했다. 스틸트 위에서도 흔들림 없이 사뿐히 걸었고 풍선을 들었다 하면 금세 멋진 작품을 만들어냈다.

"우와, 너 경력이 얼마나 돼?"

재키에게 이렇게 물어본 적이 있다. 누구에게도 결코 관심을 갖지 않는 내가 처음으로 재키에게 흥미가 생겼다.

"경력?"

"응. 피에로 아르바이트 한 지 얼마나 됐냐고."

"17년."

재키가 천연덕스럽게 대답했다. 우리 나이가 열일곱인데 경력이 17년이라니! 헛웃음이 나왔다.

"뻥도 뻥답게 쳐야지. 뭐냐 그게?"

내 말에 재키가 어깨를 으쓱했다.

"진짜래도."

정말 웃기는 녀석이다.

재키와 나는 급속도로 가까워졌다. 동갑에다 함께 일하다 보니 더욱 그랬다. 하지만 우리는 서로 선을 넘지는 않았다. 재키는 단 한 번도 나에게 "네 목소리는 왜 그렇게 여자 같냐?"라던가 "네 얼굴은 왜 그렇게 두꺼비처럼 생겼냐?"라는 말을 하지 않았다. 그리고 나도 재키가 어느 학교에 다니는지 어느 동네에 사는지 묻지 않았다.

재키를 열 번 정도 만났을 때, 사적인 질문을 하나 했다. 정말 이름이 재키냐고, 외국에서 살다 왔냐고 말이다.

그러자 재키가 피식 웃으며 말했다. 말할 때마다 피에로 분장을 한 허연 얼굴에 보조개가 움푹 팼다.

"내 이름은 성룡이야. 홍콩 배우랑 이름이 같지. 외국에서 성룡을 재키 찬이라고 불러. 그래서 내 이름도 재키야."

'하여간 엉뚱한 녀석이라니까.'

재키의 말을 듣고 인터넷에 성룡을 검색해 봤다. 단발머리에 커다란 얼굴, 부리부리한 눈에 왕코. 조금 웃기게 생겼지만, 젊은 시절에는 미남이라 불렸을 법한 얼굴이었다.

기사를 쭉 훑어보는데, 그중 하나가 눈에 띄었다.

'성룡, 매년 죽는 남자'

'해마다 죽다니. 뭐야, 불사조라도 되는 거야?'

궁금증에 기사를 클릭했다. 해마다 죽는다는 말은 '사망설'을 뜻했다. 누군가가 멀쩡히 살아 있는 성룡이 죽었다는 소문을 낸다는 거였다. 그것도 일 년에 한 번씩. 뭔가 섬뜩했다.

'그만큼 인기가 많다는 뜻이겠지? 아니면 정말 죽었는데 숨기는 거 아냐?'

생각들이 꼬리의 꼬리를 물며 뻗어 나갔다. 그리고 마침내 '음모설'에 다다랐다. 참나! 아마 세상의 모든 소문은 이런 식으로 나는 걸 거다. '혹시'가 '역시'가 되고, 물음표가 느낌표가 되면서 말이다.

재키는 말수가 적었다. 그래서 재키가 더 좋았는지도 모른다. 나는 예전부터 생각했다. 침묵마저도 어색함 없이 견딜 수 있는 사이가 진짜 친구라고. 많은 사람들이 침묵이 찾아오는 순간을 견디기 힘들어한다. 그래서 어떤 말이든 마구 내뱉는다. 그 말이 누군가를 불편하게 만들거나 상처를 줄 수 있다는 것도 모르고.

나는 누구를 만나도 먼저 입을 열지 않는다. 답답한 상대가 말을 걸어도 짧게 대꾸할 뿐이다. 자연스럽게 상대와 나 사이엔 침묵이 자리 잡는다. 침묵의 무게는 모두를 질식시켜 버릴 만큼 무겁다. 침묵은 언젠가 다큐멘터리에서 본 바다 속 까맣고 깊은 구덩이와 닮았다. 모든 걸 삼켜 버릴 듯 검은 아가리를 벌리고 있는 구덩이.

나와 대화를 나누는 사람들은 나에게서 검은 구덩이를 발견했을지도 모른다. 그늘지고 눅눅한, 기분 나쁘고 무서운 블랙홀을. 그래서 나는 자연스레 혼자가 됐다.

재키는 내가 자연스럽게 대화를 나눈 최초의 사람이었다. 아니, 어릴 적 일은 기억나지 않으니 최초라 단언할 수는 없다. 그러나 나는 직감했다. 재키도 나와 같은 종류의 사람임을. 신기한 건 재키와 대화를 나누는 동안은 침묵의 공기가 전혀 무겁지 않았다는 거다. 나의 몸을 훑고 나오는 공기처럼 매우 자연스러운 무게였다.

재키는 엉뚱한 말로 내게 웃음을 줬고, 귀찮게 이것저것 묻지 않았으며, 적절하게 입을 다물 줄 아는 사람이었다.

그런 재키가 나에게 처음으로 부탁을 해 왔다.

기도

네 번째 타임이 지나고 잠시 쉬고 있는데 재키에게 문자가
왔다.

힘들지?

녀석이 이런 문자를 보낸 건 처음이었다. 반가워서 재키에게
얼른 답장을 보냈다.

새삼스레. 놀이동산에는 사람 많아?

재키는 오늘 놀이동산에서 행사를 하고 있다. 재키에게서 금
방 답이 왔다.

그렇지 뭐. 너 토요일에 일 끝나고 약속 없지? 저녁에 내 친구들 만
나러 갈래? 소개해 주고 싶은데.

재키가 내게 보낸 문자 중 가장 길다. 절로 웃음이 나왔다.
'짜식, 메신저 설치하라니까 이게 뭐야. 번거롭게.'

나는 툴툴 대며 'Ok'라고 답장을 보냈다. 최대한 담담하게, 아무렇지 않은 척.

사실 문자를 받았을 때 꽤 기뻤다. 이게 얼마만의 약속이란 말인가. 더군다나 재키의 친구들을 소개받는 자리라니. 그만큼 내가 재키에게 가까운 사람이라는 뜻일 것이다. 참 오랜만에 느껴 보는 소속감이었다.

행사를 마치고 집에 도착했을 때는 이미 캄캄해진 뒤였다. 온몸이 흐물흐물 녹아내릴 것 같았다.

대충 밥을 챙겨 먹고 방에 누웠다. 불도 켜지 않은 깜깜한 방에 누워 작은 빛이 새어드는 창을 물끄러미 바라봤다. 노르스름한 전봇대 불빛이 방으로 스며들었다.

몸은 물 먹은 솜처럼 무거웠지만 정신만은 또렷했다. 재키 얼굴이 떠올랐다. 그러고 보니 한 번도 재키의 맨얼굴을 본 적이 없다는 생각이 들었다. 하얀 페인트가 발라진 얼굴, 별 모양 눈, 동그란 빨간 코, 길게 찢어진 두꺼운 입. 재키는 늘 현장에 나보다 먼저 도착해 있었고, 점심시간에도 스틸트에서 내려오지 않았다. 나무막대 다리를 재주 좋게 구부려 의자에 앉았고 단번에 일어섰다. 행사를 마치고도 여전히 피에로 복장을 한 채였다. 저 몸을 하고 어떻게 버스에 올라탈지 궁금했지만 항상 내가 먼저 자리를 뜬 탓에 알 수는 없었다.

재키는 학교에 다니지 않는 것 같았다. 사장이 하는 말을 들었는데 재키는 거의 날마다 일을 한다고 했다. 아마 어떤 이유로 학교를 중퇴했을 것이다. 그런 아이들은 이미 주변에 많았다. 그리 특별한 일도 아니었으므로 나는 재키에게 굳이 묻지 않았다. 누군가가 나에게 관심 갖는 건 나 역시 질색이니까. 부모님은 무얼 하느냐, 누구랑 사느냐 이런 질문을 들을 때마다 나는 그들을 커다란 신발로 꾹꾹 눌러 버리는 상상을 한다.

피곤하다. 이제 그만 자야겠다. 나는 이불을 목까지 끌어올리고 눈을 감았다. 언젠가 라디오에서 들었는데 사람의 뇌는 멍청해서 눈을 감고 있으면 진짜 잠을 자고 있는 것으로 여기고, 입꼬리를 올리고 있으면 거짓이더라도 정말 웃는 것으로 착각한다고 했다. 나는 멍청한 뇌를 속이기 위해 눈을 꼭 감았다. 얼마나 지났을까, 방 안으로 스며들던 가로등 불빛이 꺼지는 게 눈꺼풀 너머로 어렴풋이 느껴졌다.

다음 날, 겨우 일어나서 어기적어기적 학교로 향했다. 교실에 들어서자마자 구석 내 자리에 몸을 구겨 넣었다.

학교는 몹시 따분하다. 아직 2교시밖에 되지 않았는데 벌써 책상에 엎드려 잠을 자는 녀석들이 보인다. 모두 나처럼 마지못해 학교에 나오는 녀석들이다. 나는 저 녀석들이 왜 저렇게 잠을 자는지 알고 있다. 그건 모두 매일 새벽까지 아르바이트를 하기 때문이다.

선생님들도 그런 아이들을 굳이 깨우지 않는다. 공부도 하지 않고 수업을 방해하는 것보다 차라리 점심시간까지 쭉 잤으면 하는 눈치였다. 하지만 나는 수업시간마다 최대한 눈에 힘을 주며 잠들지 않으려고 갖은 애를 썼다. 괜히 대놓고 잤다가 선생님께 걸려 망신당하는 것보다는 공부하는 척하는 쪽이 훨씬 쉬웠기 때문이다.

하루가 어떻게 지났는지 모르겠다. 정신을 차려 보니 반나절이 지나 있었고, 또 정신을 차려 보니 하교 시간이 되어 있었다.

내일 저녁 8시 대학로 후문 금은방 지하 펍에서 보자.

집으로 가는 길에 휴대폰을 열었더니 재키에게서 문자가 와 있었다. 오후 4시에 보낸 문자를 이제야 확인했다.

'펍? 고등학생인데 술을 마시자고?'

이런 생각이 들었지만 촌스럽게 술 때문에 거절하고 싶진 않았다. 뭐, 기분 내키면 맥주 한 병 정도는 마실 수도 있을 테니까.

그런데 왜 번화가가 아니라 컴컴한 대학로 후문, 그것도 낡아빠진 금은방 건물에서 만나자는 걸까? 거기 지하에 펍이 있는지도 이제야 알았다. 재키 녀석, 나처럼 사람들이 없는 조용한 곳을 좋아하는 모양이었다.

8시면 아르바이트를 끝내고 서둘러 이동해야 겨우 도착할 수 있는 시간이었다. 조금 빠듯하긴 하지만 서두르면 제 시간에 맞출 수 있다. 문제는 피에로 소품과 도구들이다. 이걸 어디에 맡기고 가야 할지 걱정이다. 바리바리 들고 가면 영 폼이 안 날 텐데……. 지하철 사물함에 넣을 수 있는 크기도 아니고, 그렇다고 밖에 뒀다가 잃어버리기라도 하면 큰일이다. 이런저런 생각에 머리가 지끈지끈한데 재키에게 또 문자가 왔다.

피에로 차림 그대로 와.

피식 웃음이 나왔다. 재키 이 녀석은 엉뚱한 것으로 사람을 웃기는 재주가 있다. 피에로 차림으로 오라는 건, 짐 걱정 말고 오라는 뜻일 것이다. 더는 고민하고 싶지 않아 알았다고 문자를 보냈다.

집에 도착해 문을 열고 들어가니 어둠에 가려 밤에는 보이지 않았던 광경들이 눈에 들어왔다. 싱크대에 쌓여 있는 그릇들, 곰팡이가 슬어 있는 벽지, 그리고 차갑게 널브러져 있는 옷가지들. 어수선하지만 나쁘지 않다. 그릇은 씻으면 되고, 옷들은 치우면 되니까.

예전엔 부엌에 소주병과 깨진 그릇들이 마구 뒹굴어 다니곤 했다. 아빠와 함께 살았을 때의 일이니까 벌써 5년이나 지났다. 아빠는 지금 어디에 있을까? 매일 밤마다 작은 방에 틀어박혀 아빠를 데려가 달라고, 내 눈 앞에서 사라지게 해 달라고 기도했다. 딱히 종교가 있는 것은 아니지만 그때 나는 몹시도 간절했다. 그리고 거짓말처럼 아빠가 사라졌다.

처음에는 지방 어딘가의 공사장으로 일하러 간 줄 알았다. 하지만 한 달이 지나도, 일 년이 지나도록 아빠는 나타나지 않았다. 나는 아빠가 어디선가 잘 살아 주길 바랐다. 돌아가신 엄마 몫까지 다해서. 다만 다시는 내 앞에 나타나지 않기를 어딘가에 있을 신에게 간절히 기도했다.

홀 펍

금은방 앞에 도착해서야 겨우 숨을 몰아쉬었다. 휴대폰 시계를 봤더니 7시 55분이었다. 아슬아슬하지만 다행히 늦지는 않을 것 같았다.

4층짜리 낡은 상가 1층에 금은방이 있었다. 금은방 옆으로 계단 하나가 보였다. 담배꽁초가 바닥에 마구 짓이겨져 있고, 악취가 심했다. 계단 입구에 'holl pub'이라고 적힌 간판이 반짝거렸다. 형광등이 다 됐는지 금방이라도 꺼질 듯 위태로웠다. 희미한 불빛에 의지해 계단 아래로 내려갔다. 저 멀리 지하에서 어렴풋이 음악소리가 들리는 것 같았다.

계단을 내려가자마자 문 하나가 보였다. 여태껏 쥐고 있던 짐을 바닥에 내려놓으며 주변을 살폈다.

'이건 좀 두고 가고 싶은데.'

어디 공간이라도 있으면 잠깐 짐을 맡겨 두고 싶었다. 하지만 나 혼자 서 있을 좁은 공간이 전부였다. 달리 방도가 없었다.

문을 열고 들어가려는 찰나, 회색 철문에 붙은 종이 하나가 눈에 들어왔다.

피에로만 입장 가능

순간 넋이 나가 뒤통수를 긁적였다. 피에로만 입장 가능하다니, 재키가 소개해 준다는 친구들이 피에로 아르바이트를 하는 친구들인 모양이었다. 그게 아니라면 저들끼리 통하는 암호인가. 어제 재키에게 받은 문자를 다시 확인했다. 분명 피에로 차림으로 오라고 적혀 있었다.

나는 피에로 옷이 담긴 가방을 잠깐 쳐다봤다.

"에라, 모르겠다!"

땡땡이 재킷을 꺼내 손에 들었다. 일단 펍 안으로 들어가고 입을지 말지는 그 후에 판단할 생각이었다. 나는 짐을 들고 문고리를 돌렸다.

그런데 문이 열리지 않았다. 분명 안에서는 음악 소리가 들려오는데 말이다.

'똑똑.'

소심하게 노크를 했다. 그러자 문이 열렸다.

눈이 부셨다. 네온사인이 정신없이 돌아가고 있었고 테이블을 마주보고 사람들이 앉아있었다.

안으로 들어서려는데 기다란 나무막대 두 개가 내 앞을 막았다. 그건, 다리였다. 고개를 위로 올려봤더니 피에로 차림을 한 남자가 서 있었다. 그가 등을 굽혀 내게서 짐을 받아갔다. 그리고 내게 재킷을 입으라고 말했다. 음악 소리 때문에 시끄러워 목소리가 들리진 않았지만 꼭 그렇게 말하는 것 같았다. 나는 허겁지겁 재킷을 입었다.

펍 한가운데 서서 재키를 찾아 두리번거렸다. 그런데 참으로 이상한 일이었다. 사람들 모두 피에로 차림이었다. 모두들 긴 다리를 접어 의자에 앉아 웃으며 대화를 나누고 있었다.

'요 앞에서 분장하고 올 걸 그랬나.'

나 혼자만 맨얼굴이었다. 곰보자국이 그대로 드러날 텐데……. 자세하게 일러 주지 않은 재키에게 문득 서운한 생각이 들었다. 그때, 왼편 구석에서 누군가 손을 번쩍 들었다. 재키였다. 재키는 늘 그렇듯이 피에로 분장을 하고 있었다. 슬며시 짜증이 나려던 참이었는데 막상 재키를 보니 반가운 마음이 앞섰다.

재키에게로 걸어가며 생각했다. 이상한 게 한두 개가 아니라고. 우선 천장이 매우 높았다. 마치 처음부터 피에로를 위해 만들어진 것처럼. 그리고 스피커에서는 스페인어인지 독일어인지 모를 생소한 언어의 노래가 흘러 나왔다. 꼭 꿈을 꾸는 것만 같았다.

"여기 앉아."

재키가 의자를 내밀었다. 의자도 무척 높았다. 나는 폴짝 뛰어 의자에 앉았다. 재키 옆에는 세 사람이 앉아 있었다.

"얘들아, 여긴 내가 말한 태양."

재키가 친구들에게 나를 소개했다. 그러자 펍 안에 있는 모두가 나를 쳐다봤다. 이렇게 많은 사람이 나에게 주목하는 건 처음이었다. 조명 탓에 발개진 얼굴을 들키지 않아도 되니 다행이었다. 친구들이 내게 미소를 보냈다. 분장 탓에 그들 얼굴은 싱글벙글했다.

재키가 이번엔 나를 쳐다봤다.

"내 피에로 친구들이야. 이름은 없어. 모두들 하나같이 그냥 피에로야. 나처럼, 너처럼 말이야."

재키 얼굴에 보조개가 깊게 팼다.

"다들 아르바이트하면서 만난 사람들이야?"

나는 앞머리를 뒤로 넘기며 침착하게 말했다.

"아니, 그런 게 아니야. 태어날 때부터 그냥 피에로였어, 우리 모두."

재키가 알 수 없는 말을 했다. 헛소리를 하는 것 보니 술을 제법 많이 마신 모양이었다.

"네 모습을 봐."

재키가 내 등 뒤를 가리켰다. 손바닥만 한 거울들이 벽에 조각조각 붙어 있었다. 거울 조각에 내 얼굴이 비쳤다. 귀까지 찢어진 입이 활짝 웃고 있었다. 얼굴은 창백했고, 눈은 별 모양이었다.

"분명 다 지우고 왔는데."

나는 얼굴을 쓰다듬으며 중얼거렸다.

"맞아, 제대로 지운 거야. 지금 네 모습이 진짜니까."

재키가 생글거리며 말했다.

"문 밖 가짜 세상은 잊어 버려. 자, 나가자."

재키가 내 손을 잡아끌었다. 그때, 볼륨이 점점 커지더니 펑

키 음악이 쿵쿵 흘러나왔다. 다른 피에로들도 하나둘 무대로 나왔다.

나는 의자에서 내려왔다. 재키 걸음이 빨라졌다. 재키 손에 이끌려 걸어가는데 내 다리가 이상했다. 계단을 올라서는 듯, 재키 무릎에 머물러 있던 시선이 허리춤에서 갈비뼈로, 다시 어깨로 턱으로, 그리고 마침내 재키의 눈에서 멈췄다.

나는 그대로 얼어붙어 다리를 내려다보았다. 어느새 내 다리는 다른 피에로들처럼 길어져 있었다. 꼭 스틸트 위에 서 있는 것처럼. 하지만 알 수 있었다. 이건 뼈와 근육, 살로 되어 있는 진짜 다리라는 걸.

재키가 내 앞에서 천천히 몸을 흔들었다. 재키가, 아니 피에로가 날 보고 웃고 있었다. 나도 따라 웃으며 음악에 몸을 실었다. 긴 다리가 자유롭게 움직였다. 다리도 더는 아프지 않았다. 어두운 펍 안에 조명이 반짝거리며 돌아갔다. 나는 누구도 의식하지 않고 실컷 웃었다. 태어나 처음으로 자유로워진 것 같았다. 지금 이 순간, 진짜 내가 누구인지 더는 중요하지 않았다.

크리스마스에 N을

D-2. 사라진 N

앤이 사라졌다. 내일모레면 약속했던 크리스마스인데 이게 무슨 날벼락? 그녀를 찾아야만 한다. 나의 천사, 나의 엘프, 나의…… 첫사랑!

"딱 답 나왔네. 도망간 거야. 강여름, 네 후진 얼굴 보고."

옆에서 승현이가 깐족댔다.

어제 앤에게 내 사진을 보냈다. 만나려면 얼굴 정도는 알아야 하니까. 뭐, 나도 안다. 내 얼굴이 굉장히 평범하다는 것을. 하지만 승현이가 말한 것처럼 '후진' 축에 속하는 건 아니다. 진한 눈썹, 어딘지 모르게 우수가 느껴지는 홑꺼풀 눈, 오똑한 코, 얇고 선명한 입술 선. 자세히 보면 꽤 봐 줄 만하다. 아쉬운 점이 있다면 남들보다 키가 한 뼘 작은 대신 얼굴 면적은 두 배 정도 크다는 거?

그래도 그렇지, 삐쩍 마른 건오징어처럼 생긴 놈에게 후졌다는 말을 들으니 기분이 별로다. 하지만 오늘도 내가 참는다. 녀석은 내가 유일하게 비밀을 털어 놓을 수 있는 단 한 명의 '현실 친구'니까. 문제는 승현이가 믿음직스러운 '동굴'이 아니라 '대나무 숲'이라는 데 있다. '임금님 귀는 당나귀 귀!'라는 아주 중대한 비밀을 마을 곳곳에 퍼뜨린 그 대나무 숲 말이다. 녀석은 입이 싸도, 너무 싸다.

"비밀이야. 이번에도 소문내면 가만 안 둬."

욕이 튀어나오려는 걸 간신히 참으며 말했다. 그런데도 녀석은 깐족대는 걸 멈추지 않았다.

"가만 안 두면 뭐? 어쩔 건데? 어쩔 거냐고오!"

승현이는 내가 머리를 쥐 뜯는 자학 퍼포먼스를 벌이고 나서야 목소리를 낮췄다.

"어휴, 그러게 그동안 전화번호도 묻지 않고 뭐했냐? 아니면 메일 주소라도 알아 뒀어야지. 이름도 몰라요, 성도 몰라. 알고 있는 건 달랑 SNS 아이디 하나. 그런데도 사랑에 빠지다니! 너의 순애보에 정말 감탄했다, 감탄했어!"

맞다. 내가 그동안 승현이와 반 아이들에게 비웃음을 당한 것도 바로 나의 그녀가 SNS를 통해 알게 된 '사이버 러버'라는 데 있다. 그런데 이게 왜 비웃음거리인지 도통 모르겠다. 전 세계가 인터넷으로 하나 되고, 동양인과 서양인이 SNS로 연애도 하는 마당에 '모태솔로'로 사는 게 더 비현실적이지 않나?

"넌 몰라. 우리가 얼마나 많은 이야기를 나눴는지. 밤을 새워

가며 나눈 대화들이 어떻게 사랑이 되었는지. 넌 상상도 못할 거다."

내 말에 승현이가 가자미눈으로 날 봤다.

"과연 그럴까? 너 말이야, 걔 사진을 보자마자 뿅 갔지? 그런데 그런 남자가 어디 한둘이겠냐? 그러게 얌전히 사진만 구경하지 왜 연락을 나눠서 이런 일을 겪느냐 말이야. 불쌍한 것. 그 얼굴이 너랑 급이 맞냐? 엉? 딱 봐도 견적 나오지. 꽃뱀이야, 꽃뱀. 너 혹시 돈 털린 거 없냐?"

"그만하자."

내가 착 가라앉은 목소리로 입을 열고 나서야 승현이는 잔소리를 멈췄다. 날 욕하는 건 좋지만 앤을 욕보이는 건 절대 못 참는다.

"짜식! 이제 그만 잊어 버려. 어차피 차인 거, 크리스마스 때 연락해라. 밤새도록 게임이나 하자! 마침 우리 집 비거든. 컴퓨터에는 끝내주는 영상이, 냉장고에는 아빠가 쟁여 둔 캔 맥주가 있다는 말씀! 우후훗!"

이렇게 말하고 승현이는 서둘러 버스에 올라탔다.

'그녀는 그 무엇으로도 대체할 수 없어! 세상에서 단 하나뿐인 존재라고!'

나는 승현이의 등을 바라보며 마음속으로 '꽤애액' 소리 질렀다.

집으로 가는 내내 휴대폰에서 한 시도 눈을 떼지 않았다. 앤의 계정이 사라진 게 벌써 일곱 시간째였다. SNS 검색창에 그녀의 아이디를 몇 번이고 입력했지만 찾을 수 없다는 문구만 나왔다.

처음에는 그저 나를 차단한 걸로만 알았다. 점심시간에 휴대폰으로 SNS에 접속했다가 친구 목록에 없어서 얼마나 놀랐는지 모른다. 말 그대로 가슴이 철컹 내려앉았다. 그 바람에 입맛도 달아나 버렸다.

그런데 살펴보니 나를 차단한 게 아니었다. 계정 자체가 사라진 거였다. 해킹 때문인지 스스로 한 건지는 알 수 없었지만 그렇게 그녀는 내 세계에서 사라져 버렸다.

"잊으라고? 절대 그럴 수 없어. 내 첫사랑이란 말이야."

나는 멈춰 서서 눈을 부릅떴다. 찬바람이 훅 들어오는 바람에 눈가가 시큰했다.

분명 피치 못할 사정이 있을 것이다. 그래, 앤의 SNS를 없앤 건 어쩌면 아빠라는 놈팡이인지도 모른다. 딸이 예쁘게 화장하고 차려입는 걸 세상에서 가장 싫어하는 데다 술만 마셨다 하면 난폭하게 변하는 인간이니까.

세상에는 이해할 수 없는 사람들이 참 많다. 만약 나에게 앤을 닮은 예쁜 딸이 있다면 동네방네 자랑하고 다닐 거다. "여보세요, 사람들! 이 예쁜 아이가 내 딸이라우!"라며 말이다. 그런데 왜 그 인간은 자기 딸을 못 괴롭혀 안달일까? 혹시나 앤에게 또 손찌검을 했다면 장인어른 대접은커녕 평생 망나니 대접만 해 줄 생각이었다.

이런저런 생각을 하니 앤이 몹시 걱정돼 견딜 수가 없었다.

이대로 앉아서 기다릴 수만은 없다! 내가 들고 있는 단서를 긁어모아 그녀를 찾아야겠다.

집에 가자마자 컴퓨터를 켜서 'N'이라고 적힌 폴더를 열었다. 그 안에 앤의 사진이 가득 담겨 있었다. 하얀 얼굴을 유독 돋보이게 만드는 까만 생머리, 500원짜리 동전만 한 큰 눈동자, 앙증맞은 코, 작고 도톰한 입술. 얼굴에서 오로라가 빛나는 듯했다.

몸매는 또 어떻고! 168센티미터의 늘씬한 키에 팔다리는 시원하게 뻗어 있고, 허리는 한 줌에 잡힐 듯 얇았다. 또, 가… 가슴은 보기 좋게 볼록했다.

어떤 옷이든 다 잘 어울리고 아름다웠지만 가장 마음에 드는 것은 내가 가장 좋아하는 애니메이션 〈세상의 끝에 네가〉의 주인공인 'N'의 복장을 했을 때였다. 빨간색 치파오를 입고 있는 앤은 정말 눈부셨다. 오른쪽 길게 트여 있는 긴 치마 덕분에 하얀 그녀의 다리가 고스란히 드러난 데다 양처럼 돌돌 말아 올린 머리는 어찌나 앙증맞던지, 깜찍함과 섹시함을 모두 겸비한 자태에 그만 심장이 터질 것 같았다.

"다 좋은데 너무 작다, 작아."

앤의 사진을 보고 승현이가 가장 먼저 한 말이었다. 녀석은 앤의 가슴을 쏘아보고 있었다.

"작은지 큰지 네가 어떻게 알아?"

사진 속 앤은 목까지 올라오는 치파오 차림이었다. 그런데도 녀석은 꼭 투시력을 지닌 사람처럼 말했다.

"야! 그걸 진짜로 봐야 아냐? 아무리 꽁꽁 싸매도 진정한 볼 륨은 숨길 수 없는 법이라고. 딱 봐도 뽕이네, 뽕이야."

녀석에게 앤의 사진을 보여 준 게 잘못이었다. 나는 승현이의 손에서 휴대폰을 낚아챘다. 녀석은 입에 거품을 물며 다른 사진도 보여 달라고 했지만 나는 대답 대신 휴대폰의 전원을 꺼 버렸다. 그리고 이후로 절대 앤의 사진을 보여 주지 않았다. 앤은 그저 심심풀이 땅콩이 아니니까.

나에게 앤은 세상에서 단 하나뿐인 모델이었다. 내가 즐겨봤던 애니메이션과 게임 속의 여신들을 모두 완벽히 재현해 낼 수 있는 유일한 모델.

이렇게 생각하는 건 나뿐만이 아니었다. 앤의 SNS 계정에 추가되어 있는 친구는 자그마치 1만 명이었다. 그녀의 코스프레는 마니아뿐만 아니라 일반인들 사이에서도 인기였다. 프로가 아닌 평범한 여고생이 그토록 멋진 코스프레를 한다는 점이 주목을 끈 데다가, 오직 SNS를 통해서만 만날 수 있다는 점이 그녀를 더욱 신비롭게 만들었다.

앤은 결코 오프라인 모임에 나오는 법이 없었다. 그 때문에 마니아들 사이에서는 '엘프설'까지 돌았다. 앤이 모습을 드러내지 않는 건 인간이 아닌 요정이기 때문이라나 뭐라나. 뭐, 그녀가 북유럽 신화에 나올 법한 엘프를 흉내 낸 사진을 보면 고개가 끄덕여질 말이긴 했다. 그 사진은 업로드 되자마자 큰 인기를 끌었다.

하지만 나에게 가장 최고의 사진은 치파오 차림의 '앤'이었다. 그녀 역시 내가 자신을 앤이라 부르는 게 싫지 않은 기색이었다. 앤을 앤이라 부른 이후, 나는 꼭 만인의 연인을 독점한 기분이 들었다.

어느덧 모든 사진을 다 봤다. 이번에는 '여름'이라고 적힌 폴더를 열었다. 그 안에는 사진이 딱 한 장 들어 있었다. 앤이 내게 보낸 메시지를 캡처한 사진.

여름아, 너 그거 알아? 여름이 '열음'에서 나온 말이라는 거. 열매가 열리는 계절이라서 그런 거래. 그런데 내 생각은 달라. 너랑 이야기하면 마음이 열려. 그래서 네 이름이 여름이 아닐까. 나, 너랑 만나서 이야기 나누고 싶어. 우리 크리스마스에 만나자.

지난주, 앤에게 메시지를 받자마자 나는 얼어붙고 말았다. 마음에 드는 쏙 노래 가사를 발견했을 때처럼 가슴이 뛰고 얼얼했다. 앤은 알고 있을까? 이 메시지 덕분에 내가 진짜 여름이 되었다는 것을. 내 이름이, 내가 이토록 좋아진 것은 처음이라는 걸.

어디서 만나냐는 내 질문에 앤은 이렇게 답했다.

홍대 공연장. 저녁 7시.

그날 이후, 매일이 '디데이'였다. 나는 소풍을 기다리는 아이처럼 크리스마스를 손꼽아 기다렸다. 아마 앤도 그랬을 것이다.

SNS에서 사귄 친구를 현실에서 만나는 것은 내가 처음이라고 했으니까. 앤을 온라인에서 오프라인으로 끌고 나온 장본인이 나라는 생각에 한동안 우쭐한 기분이 들었다.

그런데 그런 그녀가 크리스마스 이틀 전 사라지고 말았다. 약속 장소는 알고 있었지만 크리스마스가 될 때까지 넋 놓고 기다리고 있을 수만은 없었다. 앤에게 무슨 일이 생긴 게 분명하니까.

요 며칠 앤은 매우 우울하고 불안해했다. 그건 가족 때문이었다. 앤이 커 갈수록 아빠는 제 엄마를 빼닮았다고 앤을 미워했다고 한다. 하나밖에 없는 언니는 대학생이 되자마자 도망치듯 기숙사로 가 버렸고, 동생이 걱정되지도 않는지 연락조차 뜸하다고 했다. 평소에는 아주 평범한 직장인인 앤의 아빠는 술만 마셨다 하면 폭언을 쏟아낸다고 했다. 어떤 날은 주먹을 휘두르기도 하면서 말이다.

이제 지쳤어.

어제 앤은 이렇게 말했다. 아빠가 또 힘들게 한 모양이었다.

다른 곳에서 살 순 없어? 사촌들 집이라든지.

내가 해 줄 수 있는 말은 이게 전부였다.

사촌들도 날 싫어해. 그래도 우리 아빠, 내가 코스프레만 안 하면 다정하게 대해 주셔. 이제 그만둬야 할까 봐.

코스프레를 그만둔다는 말이었다. 나는 애니메이션 〈세상의 끝에 네가〉가 종영하던 그때처럼 서운한 마음이 들었다. 하지만 괜찮았다.

그래. 넌 코스프레 안 해도 빛이 나는걸.

내 말에 앤은 활짝 웃고 있는 이모티콘을 보내왔다.
나는 휴대폰을 열어 사진첩을 뒤적였다. 화장을 지운 앤의 수수한 얼굴이 나왔다. 앤과 대화를 나눈 지 세 달이 지났을 무렵, 앤은 종종 평상시의 모습을 사진으로 보내왔다. 그럴 때마다 나는 앤에게 아주 특별한 사람이 된 것 같아 기뻤다.

화장 안 한 모습도 예쁘다.

내 말에 앤은 망설이더니 이렇게 문자를 보냈다.

나는 세상에서 내가 제일 싫어.

나는 당황하고 말았다. 어떻게 위로해야 할까 망설이는데 앤이 이렇게 덧붙였다.

내 모든 게 다 싫어. 얼굴도, 몸도, 가족도.

맙소사! 사람들 저마다 콤플렉스가 하나씩은 있다던데, 완벽한 앤에게도 이런 면이 있을 줄이야. 솔직히 말하면 나야말로 콤플렉스 덩어리였다. 사람들 앞에서 당당한 척했지만 밋밋한 눈과 작은 키만 생각하면 절로 주눅 들었다.

앤은 천천히 자신의 이야기를 털어놓았다. 앤과 대화하며 나는 그녀의 콤플렉스가 내가 짐작했던 것과는 많이 다른 종류의 것임을 알게 됐다. 앤은 자신의 성별이 싫다고 했다. 그럼 여자를 좋아하는 거냐고 물으니 그건 또 아니라고 했다.

강제로 주어진 삶 말고, 내가 원하는 삶을 살고 싶을 뿐이야.

앤의 알쏭달쏭한 말을 들으며, 나는 앤이 얼마나 힘든 때를 보내고 있는지 조금은 알 것 같았다. 앤의 아빠는 예쁘게 화장하고, 근사하게 차려 입은 앤을 인정하지 않았다. 가장 자기다운 모습을 인정받지 못하는 것, 그것만큼 힘든 일이 어디 있을까?

네가 어떤 삶을 살든 나는 널 응원할 거야.

우물쭈물 하다가 이렇게 덧붙였다. 어디선가 많이 본 평범한 문구였지만 이 말밖에 달리 해 줄 말이 없었다. 나에게는 진심이었으니까.

시간이 지날수록 앤은 나에게 점점 더 많은 이야기를 털어놓았다. 나 역시 앤과 많은 것들을 나누고 싶었지만 나는 좀 심심한 아이였다. 10대 아이들이 겪을 법한 고민도, 별다른 문제도 없는 아이.

동네에서 입소문이 난 작은 카센터를 운영하고 계신 우리 부모님은 하나뿐인 아들에게 공부하라는 잔소리를 전혀 하지 않으셨다. 내심 비싼 등록금을 내야 하는 대학은 포기하고 본인들의 뒤를 이어 카센터에서 일했으면 하는 눈치였다. 나도 그것이 나쁘지 않다고 생각했다. 아니, 오히려 부모님께 고마웠다. 달리 꿈이 없는 내게 "뭐가 되고 싶니?", "학교에서 몇 등이니?" 같은 질문을 던지지 않았으니까. 부모님은 매우 소박하고 평범한 분이셨다. 나는 그런 부모님을 보며 깨달았다. 평범하고 소박한 삶이 실은 얼마나 이루기 힘든 것인지를.

앤과 같은 고민을 나눌 수는 없지만 다행히 우리는 관심사가 비슷했다. 바로 애니메이션을 좋아한다는 것. 우리는 이런저런 작품들을 이야기하며 점점 대화의 폭을 넓혔다. 언젠가는 앤이 모르는 애니메이션을 알려 주며 코스프레의 소재를 정해 주기도 했다.

넌 코스프레 안 해?

앤이 이렇게 물어봤을 때, 나는 고개를 흔들었다.

난 못 해. 용기가 없거든.

말은 이렇게 했지만 실은, 창피했다. 솔직히 앤을 알기 전까지는 코스프레 하는 사람들을 '관심 종자'라 생각했다. 광화문 한복판에서 "날 좀 보소, 날 좀 보소." 노래하며 어깨춤을 추는 것과 다를 바가 없다고 여겼다. 하지만 앤을 보고 생각이 바뀌었다. 앤은 아름답고, 우아했으니까.

새벽까지 앤의 계정은 복구되지 않았고, 연락 비슷한 것도 오지 않았다.

'도대체 어디 간 거야, 앤!'

나에게 남은 시간은 딱 하루였다. 내일 하루 동안 앤을 찾아야만 했다.

D-1. N을 찾아서

아침이 됐다. 오늘은 크리스마스이브. 어제까지만 해도 어서 아침이 왔으면, 하고 바랐는데 오늘은 정반대였다.

"어디서, 어떻게 찾지?"

나는 책상에 앉아 노트를 펼쳤다. 그러고는 앤에 관해 알고 있는 모든 것을 적었다.

"허!"

입에서 실없는 웃음이 나왔다. 노트에 적힌 건 딱 다섯 줄이었다. 그동안 앤과 나누었던 대화를 생각하면 적어도 책 한 권은 나올 줄 알았다. 그런데 이렇게 얄팍하다니. 나는 책상에 머리를 쿵 박았다.

'이름이라도 물어볼 걸 그랬나?'

뒤늦게 후회가 됐다. 쿨해 보이고 싶어 마음을 숨겼던 게 문제였다. 분명 많은 남자들이 앤에게 이름이며 전화번호, 메일 주소 같은 것을 물었을 것이다. 나는 그들과 똑같은 남자가 되고 싶지 않았다. 내가 앤이라면 아무런 질문도 던지지 않는 사람에게 오히려 호감을 느낄 것 같았다. 그래서 택한 게 '인내심'이었다. 어차피 직접 만나서 하나하나 알아 가면 된다고 생각했으니까. 그런데 이렇게 생각지도 못한 일이 벌어질 줄이야.

나는 요 며칠 앤에게 받은 사진을 샅샅이 살펴보기로 했다. 앤에게서 받은 거라곤 사진이 전부였으니까. 먼저 눈에 띈 것은 교복을 입은 사진이었다. 남색 체크무늬 재킷에 하얀색 블라우스, 감색 넥타이, 목에 두른 빨간색 목도리. 교복의 정체를 찾아야만 했다. 앤이 다니는 학교의 교복이 분명했으니까.

'이건 뭐 서울에서 김 서방 찾기네.'

서울에 고등학교가 과연 몇 개나 될까? 상상도 못했던 숫자들이 머릿속에 떠올라 뒤엉켰다.

나는 인터넷을 샅샅이 뒤져서라도 교복의 정체를 밝힐 참이었다. 앤의 교복과 비슷한 사진 하나를 클릭하자 순식간에 100여 개의 교복 사진이 검색됐다. 나는 눈에 힘을 주고 하나하나 살피기 시작했다. 사진들은 미묘하게 달랐다. 색의 농도가, 체크

무늬의 간격과 선이 제각각이었다.

"어? 이거다!"

20분 정도 살폈을까, 드디어 앤의 교복과 똑같은 것을 발견했다. 한 여학생이 입은 교복이었다. 그 후에도 한참이나 검색을 한 후에야 그 교복이 J여고의 교복이라는 것을 알게 됐다. 여고는 우리 동네와 한 대학교의 중간 지점에 있었다.

"이제 뭘 어쩌지."

산 넘어 산이었다. 앤이 J여고에 다니는 것을 알게 됐지만 무턱대로 찾아갈 수는 없는 노릇이었다. 나는 턱을 괴고 머릿속 폴더를 헤집었다. 내 친구들 중 J여고에 다니는 지인을 둔 친구가 있지 않을까? 문제는 떠오르는 친구가 승현이밖에 없다는 것이다.

어쩔 수 없이 승현이에게 전화를 했다.

"미친놈아, 오늘 쉬는 날인 거 몰라? 너 때문에 잠 다 잤다!"

승현이가 잠이 덜 깬 목소리로 말했다. 하여간 말도 예쁘게 해요.

"너 J여고에 아는 친구 있냐?"

마음이 바빠 다짜고짜 물었다. 승현이는 한동안 말이 없었다.

"J여고? 갑자기 웬 여고 타령? 아, 알았다. 엘프인지 뭐시기인지 그 학교 다니는구나?"

역시 눈치 빠른 건 알아 줘야 한다.

"응 맞아. 그러니까 빨리 좀 생각해 봐."

"J여고, J여고……."

승현이가 드디어 머리를 짜내는 모양이었다.

"몰라! 내가 알 턱이 있냐?"

대답은 실망스러웠다.

"너 나보다 발 넓잖아. 중학교 때 학원도 많이 다니고, 또 무슨 클럽 활동도 많이 했다면서!"

사정하다시피 말하자 녀석은 한숨을 푹 내쉬며 답했다.

"미친놈. 알아볼게. 큰 기대는 말고."

전화를 끊었지만 초조했다. 그 사이 SNS를 살폈지만 여전히 깜깜 무소식이었다. 코스프레 카페에도 접속해 봤지만 모두들 앤의 SNS가 사라진 것을 아쉬워할 뿐 소식을 알고 있는 사람은 한 명도 없었다.

그때, 벨소리가 울렸다. 승현이었다.

"사촌 여동생이 올해 J여고에 갔대. 잊고 있었지 뭐."

희소식이었다.

"오! 정말? 고맙다, 자식."

"이제 뭐 어쩔 건데?"

승현이의 말에 정신이 번쩍 들었다. 그러게, 이제 뭘 어쩌지?

"음, 그게…… 내가 사진 보내 줄 테니까 여동생한테 물어봐 줄래? 한 학년 위에 이렇게 생긴 언니 아냐고."

"아 귀찮은 자식! 알았어. 보내 봐."

전화를 끊고 승현이에게 메신저로 사진을 전송했다.

– 이거 포샵 한 거 아냐? 비현실적으로 예쁜데?

승현이의 말에 피식 웃음이 나왔다.

– 원래 예뻐.

내 대답에 승현이는 또 욕을 날렸다. 실제로 본 적도 없으면서 아는 척한다고, 단단히 미쳤다며 혀를 쯧쯧 찼다. 그러거나 말거나 내 가슴은 두근거렸다. 제발 앤의 정체가 밝혀지길! 내가 이렇게 정보를 캐고 다녔다는 걸 알면 앤은 뭐라고 할까? 나에게 실망할까, 아니면 나의 노력에 감동할까. 적어도 스토커는 되고 싶지 않았는데 어쩔 수 없었다.

시간이 더디게 갔다. 아무래도 사람을 찾으려면 시간 꽤나 걸리겠지. 나는 부엌에서 라면 한 개를 끓였다. 국물에 밥까지 말아 싹싹 비웠다. 그제야 좀 힘이 났다.

한 시간이 지났을까, 승현이에게 답장이 왔다.

– 그런 애 모른대.

힘이 쭉 빠졌다.

– 확실한 거래? 여러 명한테 물어보긴 한 거야?

– 학생회장이랑 동아리 회장한테까지 사진 싹 돌렸는데 처음 보는 얼굴이라던데?

별 수가 없었다. 뭘 더 해야 할지 몰라 답장도 못 보내고 입술만 잘근잘근 씹어대고 있는데, 승현이가 다시 메시지를 보냈다.

– 잠깐! 닮은 사람이 있대. 근데 선배라는데. 대학교 1학년.

승현이의 말에 머리가 띵했다. 대학생이라니, 뭘 잘못 알고 있는 걸 거다. 그냥 다른 단서를 더 찾아 봐야할 것 같다.
그때, 승현이가 사진을 보냈다.

– 이 사람이래.

커트 머리에 하얀 얼굴, 오목조목 예쁜 이목구비. 무표정한 얼굴. 앨범 속 사진이었다. 앤이랑 닮은 것 같기도 하고, 아닌 것 같기도 했다.

– 잘 모르겠다. 네가 보기엔 어때?

– 닮은 것 같기도, 아닌 것 같기도. 근데 엘프보단 좀 별로다?

승현이의 말이 정답이었다. 예쁘긴 했지만, 앤보다는 빛나지 않았다.

–이름이 뭐래? 앨범에 혹시 주소 있으면 그것도 알려 줘.

내 말에 승현이가 버럭 화를 냈다.

–미친놈! 아주 가지가지해요.

그래놓고 10분 뒤, 승현이는 내가 물어본 정보를 알려 줬다. 이름은 안현지. 주소는 J여고 근처 아파트. 현재 J여대에 재학 중이라는 묻지 않은 정보까지.

–너한테 준 교복 사진, 그것도 코스프레 아냐? 왜 여자들 로망 중 하나가 교복 입고 사진 찍는 거라잖아. 우와, 알고 보니 연상이었네. 헐! 정체가 뭐야?

승현이의 말에 머리가 복잡했다. 나는 자리에서 벌떡 일어나 패딩점퍼에 목도리를 휘휘 두르고 집을 나섰다. 기름기 좔좔 흐르는 머리는 야구모자로 대충 가렸다. 혹시나 앤을 만날 수도 있으니 깨끗이 씻고 나갈까 싶었지만 그러기엔 마음이 급했다.

마침 우리 동네에서 J여고가 있는 동네까지 한 번에 가는 버스가 있었다. 좀 돌아가긴 했지만 한 시간이 채 걸리지 않았다. 나는 버스 구석에 몸을 구겨 넣고 휴대폰 사진을 들여다봤다.

앤이 보내 준 얼굴 사진은 세 장이 전부였다. 교복 사진, 긴 머리로 얼굴을 반쯤 가리고 찍은 사진, 야구 모자를 쓰고 활짝 웃으며 찍은 사진. 마지막 사진은 밖인 것 같았다. 뒤에 허물어 져 가는 빨간색 담벼락이 보였고, 그 옆에 하얀 꽃이 꽃망울을 터뜨리고 있었다. 검색해 보니 매화였다.

또 다른 사진을 살폈다. 앤은 아주 작은 것을 사진에 예쁘게 담을 줄 아는 아이였다. 캔 뚜껑, 우유팩, 연필, 돌멩이 같은 것들을 사진으로 찍어 내게도 종종 보내곤 했다. 다른 친구가 이런 사진을 보냈다면 욕을 한 바가지 퍼부어 줬을 텐데 앤이라면 이야기가 달랐다. 오히려 남다른 그녀의 감성에 감탄하곤 했다.

이번에는 고양이 사진이 나왔다. 앤은 때때로 고양이들의 밥을 챙겨 준다고 했다. 집에서 고양이를 키우고 싶지만 아빠 때문에 그럴 수 없다고 했다. 나는 사진 배경에서 단서가 될 만한 것들이 있을지 곰곰이 살폈다. 평소 같으면 고양이 얼굴만 들여다봤을 것이다. 눈동자는 어떤 색인지, 털은 어떠한지, 수염은 얼마나 자랐는지. 하지만 고양이 얼굴만 보고 앤을 찾을 수는 없는 노릇이었다.

사진 대부분은 땅 위에 있는 고양이를 찍은 거라 어두컴컴하기만 했다. 그중, 사진 한 장에 눈이 갔다. 편의점 앞 테이블 위에 누워 있는 검은 고양이를 찍은 사진이었다. 사진 뒤로 편의점 간판이 보였다. 태평 편의점. 체인점이 아니라서 더욱 눈에 잘 띄었다.

어느덧 목적지에 다다랐다. 버스에서 내린 나는 J여고를 먼저 찾았다. 아무도 없는 운동장은 휑했다. 을씨년스러운 날씨와 달리 거리를 지나는 사람들의 표정은 제법 밝았다. 이게 다 크리스마스 때문이다. 아니, 덕분인가.

나는 학교를 멀뚱히 구경한 후 휴대폰에 안현지의 집 주소를 검색했다. 아무리 봐도 이 여자는 앤이 아니었다. 어딘지 모르게 닮긴 했지만 앤이 풍기는 아우라는 느낄 수 없었다.

그래도 우선은 그 집을 찾아갈 수밖에 없었다. 아무것도 하지 않고 있으면 자괴감이 날 삼켜버릴 것 같았으니까.

골목을 돌고 돌아 오르막길을 올랐다.

"어? 저건?"

골목을 돌자 익숙한 간판이 보였다. 태평 편의점. 나는 무심코 편의점 안에 들어섰다. 그리고 따뜻한 우유를 샀다.

"1500원입니다."

점원의 말에 나는 우물쭈물했다. 순간, 돈 대신 휴대폰을 내밀며 "이 여자 알아요?"라고 물어볼 뻔했다. 가까스로 잘 참았다. 내가 허둥지둥 돈을 내밀자 점원은 나를 이상한 눈빛으로 쳐다봤다.

편의점 밖으로 나오자 동그란 테이블이 보였다. 바로 여기가 까맣고 통통한 고양이가 앉았던 그 자리다. 나는 테이블을 손으로 쓱 쓰다듬고는 다시 오르막길을 올랐다.

꼭대기 끝에 아파트 하나가 서 있었다. 세월의 흐름이 느껴지는 오래된 아파트였다.

'201동 303호.'

아파트는 10층이 안 될 만큼 낮았다. 나는 뭔가에 홀린 듯 계단을 올라갔다. 그러고는 페인트칠이 벗겨진 회색 문 앞에 섰다. 문에는 '303'이라는 숫자가 또렷이 박혀 있었다.

'이제 정말 뭘 어쩌지?'

갑자기 헛웃음이 나왔다. 이런 내가 우스웠다. 승현이 말처럼 나는 아주 미친놈이었다. 그래도 앤을 그냥 보내면 안 될 것 같았다. 태어나서 가장 많은 것을 나누고 주고받았던 사람. 좋아하는 감정은 미뤄 두더라도 앤은 나에게 큰 위안거리였다. 모든 게 다 부질없이 느껴졌지만 앤과 나눴던 것만큼은 시간이 지날수록 가치 있었다.

마음 같아서는 문을 두드려 안으로 무작정 들어가고 싶었다. 하지만 나에게는 그런 용기가 없었다. 이후 벌어질 일들을 상상만 해도 얼굴이 뜨거워졌다.

그런데 뒤돌아서려고 마음먹은 그때였다. 난데없이 303호 문이 활짝 열렸다. 그 바람에 문에 머리를 맞았고, 모자가 날아가 버렸다. 나는 서둘러 모자를 주웠다.

문 앞에 키 크고 삐쩍 마른 아저씨 한 명이 서 있었다. 후줄근한 트레이닝복 차림이었다. 가늘게 찢어진 눈과 매부리코가 어딘지 모르게 강퍅해 보였다.

"누구?"

아저씨가 입을 뗐다.

"아, 그, 그게…… 누, 누굴 찾으러 왔는데요."

말을 더듬는 꼴이 딱 의심받기 좋았다. 아저씨의 눈빛이 날

카롭게 빛났다.

"누구를?"

"아, 안, 현지 누나 있나요? 누나 후배인데요. 연락이 안 돼서 와 봤어요."

에라, 모르겠다. 솔직히 말하는 수밖에 없었다.

"현지는 대학교 기숙사에 사는데? 휴대폰으로 연락은 해 봤니?"

아저씨의 눈빛에는 여전히 의심이 가득했다. 그래도 아까보다는 한껏 누그러진 말투였다.

"아! 제가 최근에 실수를 좀 했는데 그래서 연락을 안 받나봐요. 다시 연락해 볼게요. 안녕히 계세요."

나는 머리를 벅벅 긁으며 꾸벅 인사를 했다.

그때였다. 집 안에서 인기척이 나더니 방문 틈으로 누군가가 슥 얼굴을 내밀었다. 얼굴을 확인하려 했지만 내가 고개를 들자마자 얼굴은 재빨리 사라져버렸다.

아저씨가 날 따라 집안으로 고개를 돌렸다. 나는 더 난처해지기 전에 얼른 자리를 떠야할 것 같아 고개를 꾸벅 숙이고 쏜살같이 계단을 뛰어내려왔다.

꼭 100미터 달리기를 한 것처럼 숨이 가빴다. 나는 아파트를 벗어나 오르막길을 더 오르고 나서야 숨을 골랐다. 얼마나 걸었을까, 허물어진 담장 하나가 눈에 들어왔다. 내 허리만 한 담장은 앉기 딱 좋았다. 나는 담장에 엉덩이를 걸치고 숨을 몰아쉬었다.

그런데 잠깐, 어디서 많이 본 담장이다. 벌떡 일어나 살펴보니 앤이 보냈던 사진 속 담장이었다. 그 옆에 매화가 피어 있었다. 나는 사진을 꺼내 매화를 찍었다. 내 눈이 절로 담장 아래로 향했다. 거기에 텅 빈 참치 캔이 하나 놓여 있었다. 앤이 가져다 놓은 게 분명했다. 앤은 이 마을에 살고 있었던 거다. 어쩌면 안현지라는 여자가 앤일지도 모르겠다. 그렇게 믿는 게 가장 편했다.

나는 동네를 한 바퀴 빙 돌아 정류장으로 내려갔다. 휴대폰으로 SNS를 살폈지만 앤이 없으니 쓸쓸하기만 했다. 나는 내 계정에 매화 사진을 올렸다. '응답하라, 앤!'이라는 글과 함께. 내가 올린 첫 번째 사진이었다.

집으로 가는 버스에 올라탔다. 창밖에 뭔가가 흩날리고 있었다. 작은 눈송이였다. 어찌나 얇던지 눈이라기보단 차라리 꽁꽁 언 밀가루 같았다. 눈송이는 창을 때리는 동시에 녹아 사라졌다. 꼭 신기루 같았다. 나의 앤처럼.

D-day. 메리 크리스마스, N

긴장한 탓이었는지 집에 가자마자 곯아떨어졌다. 많은 꿈을 꿨는데 정작 하나도 생각나지 않았다. 잠결에 눈을 떠 보니 세상이 깜깜했다. 벌써 밤이었다. 몸이 으슬으슬 추웠다. 나는 이불로 몸을 꽁꽁 말고 다시 잠을 청했다.

날이 밝았다. 어제 있었던 일들이 꼭 꿈처럼 느껴졌다. 머리가 아파 아무것도 생각하기 싫었다. 이마가 뜨끈뜨끈한 걸 보니 감기 기운이 있는 모양이었다. 시계를 보니 오전 11시였다.

언제 올 거임?

승현이었다. 그제야 오늘이 크리스마스라는 게 떠올랐다.

자리에서 일어나 커튼을 열었다. 밤새 눈이 펑펑 내려 창밖은 온통 하얬다. 사람들이 좋아하는 화이트 크리스마스였다.

대충 점심을 먹고 감기약을 털어 넣었다. 그리고 거실에 앉아 TV를 봤다. 크리스마스 특선 영화가 한창 나오고 있었지만 내 머릿속에는 오로지 앤의 얼굴밖에 없었다. 습관처럼 SNS에 접속했지만 앤은 여전히 그곳에 없었다.

나는 TV를 끄고 방으로 갔다. 그리고 컴퓨터를 켜서 애니메이션 〈세상의 끝에 네가〉를 틀었다. 우울한 크리스마스를 어떻게든 견뎌야 했다. 이 기분으로는 승현이와 시시덕거릴 자신이 없었다.

이 애니메이션에는 내 또래 소년인 주인공 S가 나온다. 현실 세계에서 평범한 삶을 살아가던 그는 어느 날 갑자기 낯선 세계로 떨어지게 된다. 그리고 N은 주인공이 낯선 세계에서 만나는 인물로 평상시에는 치파오를 입은 여자지만 때에 따라 다양한 모습으로 변신한다. 변신술에 능한 '반인 엘프'인 것이다. 즉, 반은 인간, 반은 엘프.

S는 매우 어리바리하다. 하지만 주인공답게 낯선 세계에서

다양한 위기를 마주할 때마다 당당히 헤쳐 나간다. 그리고 그 옆에는 늘 N이 있다. 하루는 여고생의 모습으로, 하루는 고양이의 모습으로, 하루는 요정의 모습으로, 그리고 하루는 청년의 모습으로. 매일매일 모습을 달리하지만 S는 느낄 수 있다. 바로 내 앞에 서 있는 사람이 N이라는 걸.

수없이 봤는데도 매번 어떤 장면에서는 난데없이 웃음이 터졌고, 어떤 장면에서는 어김없이 눈물이 흘렀다. 오랜만에 만난 S와 N은 여전했다. 세계의 끝을 모르는 그들은 순진무구했다. 끝을 아는 나 혼자만 가슴을 졸일 뿐이었다.

이 애니메이션은 '새드엔딩'으로 끝이 난다. S는 그저 게임에 빠진 한 소년일 뿐이었고 N은 가상현실 속의 캐릭터였다. 이 결말을 두고 사람들은 욕을 했지만 나는 결말이 마음에 들었다. 그 세계가 거짓이든 진실이든 중요한 건 S와 N이 서로의 전부였다는 사실이니까. 비록 가상이었다 해도 둘은 서로를 그리워하며, 서로에게 의지하며 평생을 살아갈 테니까.

시계를 보니 어느덧 오후 5시였다. 아직 마지막 화까지는 20편이나 더 남았다. 스트레칭을 한번 하고 다시 재생 버튼을 눌렀다.

화면에 함박눈이 펑펑 흩날리고 있었다. S와 N은 벤치에 앉아 눈을 구경하고 있다. N이 S에게 말한다.

"너와 꼭 함박눈을 보고 싶었어. 이 세계에서는 눈이 오지 않아. 그런데 너와 눈을 보려고 힘을 좀 썼지."

S가 그런 N을 사랑스럽게 바라보며 말한다.

"내가 있던 세계에서는 겨울이 되면 어김없이 눈이 내려. 하지만 눈이 이렇게 아름다운지 그동안 몰랐어. 네 덕분에 세상이 달리 보여."

"넌 나를 얼마나 믿니?"

N의 난데없는 질문에 S의 눈동자가 커진다.

"그게 무슨 말이야? 그냥 믿는 거지."

"네가 보는 내가 전부가 아닐 수도 있어. 실망하지 않을 자신 있니?"

N의 눈동자는 어쩐지 슬퍼 보인다. S는 해맑게 웃으며 고개를 끄덕인다.

"그럼. 나에게 N은 언제나 단 한 명의 N인걸."

그 말에 N의 표정이 다시 환해진다.

이후, S는 그의 다짐처럼 N의 변신에도 놀라지 않고, 어디서든 N을 알아본다. 이들에게 점점 다양한 고난과 어려움이 닥치지만 둘은 서로에 대한 믿음으로 이겨 낸다. 그것은 사랑 같기도 하고 우정 같기도 하다.

"S, 너는 꽁꽁 닫힌 내 마음을 열어 줬어. 네 덕분에 활짝 열린 그 자리에 더 넓은 세계를 담을 수 있게 됐어. 난 언제나 네 곁에 있을 거야. 비록 다른 모습이어도."

N의 대사가 내 귀에 파고들었다. 나는 자리에서 벌떡 일어났다. 창밖에는 여전히 함박눈이 펑펑 내리고 있다. 어스름 해는 지고 있지만, 눈 덕분에 주변이 환했다.

나는 옷을 챙겨 입고 밖으로 뛰쳐나갔다. 7시, 약속시간이 다

되어가고 있었다. 애니메이션을 보는데 자꾸만 앤이 약속장소에 나올 거라는 확신이 들었다. 앤을 보고 싶은 내 마음도 점점 커져갔다. 앤이 안현지 누나의 모습이든 아니면 고양이의 모습이든, 아니면 산타의 모습이든 나는 놀라지 않을 자신이 있었다. 앤이 그곳에 있기만 하면 됐다.

크리스마스, 홍대에는 사람들이 무척 많을 것이다. 많은 사람들 속에 나는 조용히 묻혀 있을 생각이었다. 그리고 가만히 안테나를 세워 나의 앤을 찾을 참이었다. 애니메이션 속 S처럼 한눈에 앤을 알아볼 자신은 없었지만.

버스는 느릿느릿 달렸다. 그래도 괜찮았다. 어제와 달리 따뜻한 털 뭉치처럼 탐스러운 함박눈이 내리고 있었으니까. 눈은 자동차 위에, 건물 위에, 사람들의 머리 위에, 거리 위에 쌓이고 또 쌓였다. 이 눈을 앤과 함께 봤으면 좋았을 텐데. 자꾸만 아쉬운 마음이 들었다.

나는 홍대에 내려 공연장으로 향했다. 사람들에게 이리저리 치이며 발을 내디뎠다. 공연장에는 생각보다 사람들이 많지 않았다. 아마 눈 때문인 듯했다. 한 밴드가 산타클로스 복장으로 노래를 부르고 있고, 주변을 사람들이 에워싸고 있었다. 나는 벤치에 가만히 앉아 눈을 감았다. 앤에게 신호를 보냈지만 안테나는 여전히 먹통이었다.

얼마나 흘렀을까. 나는 다시 눈을 떠 시계를 봤다. 7시였다. 밴드가 자리에서 일어서더니 사람들을 향해 외쳤다.

"메리 크리스마스! 메리 크리스마스! 으하하하!"

웃음소리를 신호탄으로 산타 옷을 입은 사람들이 여기저기서 모여 들었다. 그러고는 캐럴에 맞춰 춤을 추기 시작했다. 그 모습이 어찌나 우스꽝스럽던지 입가를 비집고 절로 웃음이 나왔다. 나도 빨간색 옷을 입고 왔다면 함께했을 텐데. 혼자만 벤치에 앉아 있는 게 머쓱하다는 생각을 하고 있는데 웬 사내 녀석 한 명이 내 옆에 앉았다. 그도 나처럼 신난 눈치였다. 조용한 웃음소리가 내 귀에 들렸다.

5분 정도가 지났을까, 사람들이 일제히 자리를 떴다. 그제야 나는 무심코 고개를 돌려 옆을 봤다. 그는 내 또래 남자아이였다. 허연 얼굴에 깊은 속눈썹, 커다란 눈동자, 앙증맞은 코, 작은 입술. 희한하게도 앤을 많이 닮아 있었다. 빨간 목도리를 목에 칭칭 감고 있는 모습마저도. 하지만 그는 앤도, 안현지 누나도 아니었다. 그저 깡마르고, 짧은 머리를 한 내 또래 남자아이일 뿐.

그때 휴대폰이 울렸다. 승현이었다.

야! 피자 사서 후딱 와라! 지금 나 혼자다.

끈질긴 녀석. 아직도 내가 자기네 집에 갈 거라고 생각하는 모양이었다. 푸핫, 웃음이 나왔다.

옆을 봤다. 아직도 녀석이 있었다. 녀석이 손에 들고 있던 야구 모자를 푹 눌러쓰고 자리에서 일어섰다. 그 모습에 낯익었다. 야구모자에 빨간색 목도리, 그리고 맑은 눈빛.

"앤?"

분명한 앤이었다. 마음이 비칠 것 같은 투명한 눈빛. 소년은 내 질문에 고개를 끄덕였다.

"메리 크리스마스."

앤은 다시 벤치에 앉으며 희미한 미소를 지었다. 꼭 나더러 이렇게 말하는 것 같았다.

"네가 보는 내가 전부가 아닐 수도 있어. 실망하지 않을 자신 있니?"

나는 피식 웃음을 터뜨렸다. 앤은 나에게 말했다. 강제로 주어진 삶이 아닌 자신이 원하는 삶을 살고 싶다고. 이제야 그 말의 뜻을 알 것 같았다. 어쩌면, 앤이 변신술을 익힌 건 아주 당연하고 자연스러운 일일지도 모르겠다.

"너도 변신술에 능했구나. 고양이나 산타가 아니어서 다행이랄까?"

내 말에 앤이 웃음을 터뜨렸다.

나는 승현이에게 답장을 보냈다.

피자 한 판으로는 안 될 것 같은데? 친구 한 명 더 데리고 가마.

그러자 승현이가 답장을 보냈다. 역시나 욕이었다.

미친! 이왕 데리고 오려면 현실 친구 데려와라, 알았냐? 빨리 튀어와! 짜샤!

시원스러운 욕이 오늘따라 듣기 좋았다.

"앤! 나랑 피자 먹을래? 친구네 집에서."

내 말에 앤이 조용히 고개를 끄덕였다. 나와 앤은 나란히 서서 거리를 걸었다. 신나는 캐럴이 거리에 울려 퍼졌다.

파란 담요

눈이 부셨다. 나는 손차양을 하고 주변을 둘러봤다. 세상에! 온 세상이 얼음에 뒤덮여 있었다. 건물, 계단, 나무…… 심지어 돌멩이까지. 몸을 움츠리며 주변을 둘러봤다. 아무도 없는 얼음 세상은 고요하고 섬뜩했다.

잰 걸음으로 얼음 계단을 올랐다. 몸이 오들오들 떨렸다. 계단 하나를 남겨 두고 내 몸을 살펴봤다. 분명 파란색 패딩 점퍼를 입고 있었는데 어느새 잠옷 차림이었다. 어리둥절했다. 그때 별안간 허공에서 넓적한 발바닥이 내게 달려들었다.

"아얏!"

발바닥에 머리를 맞고 계단 아래로 굴러 떨어졌다. 온몸이 욱신거렸다. 한참 뒤에야 겨우 눈을 떴다. 그런데 얼음 바닥 대신 오래된 나무 무늬의 장판지가 눈에 들어왔다. 에휴, 꿈을 꿨나 보다.

벌떡 일어나 침대를 봤다. 형이 자기 이불은 내팽개쳐 두고 파란색 담요를 몸에 돌돌 말고 있었다. 저건 내 담요인데……. 나는 형이 깨지 않게 조심조심 파란색 담요를 잡아당겼다.

"에이 씨, 저리 안 가?"

형이 몸을 뒤척이며 말했다. 입을 쩝쩝 다시는 걸로 봐서 잠꼬대인 것 같았다.

'휴.'

가슴을 쓸어내렸다. 형이 정말로 잠에서 깼다면 날 엄청 두드려 팼을 거다. 너 때문에 잠도 못 자고 이게 뭐냐고 소리를 빽빽 지르면서. 안 봐도 훤하다. 하는 수 없이 패딩 점퍼와 바지를 껴입고 바닥으로 내려갔다. 책상과 침대 사이 아주 좁은 공간에 내 몸이 꼭 들어찼다.

"아휴, 이 자식 또 이렇게 자네! 얘만 보면 아주 짜증난다니까. 이러니까 왕따지. 쯧!"

알람처럼 잠을 깨우는 목소리. 형이다. 형이 침대에서 일어나면서 나를 발로 툭툭 쳤지만 일부러 자는 척했다. 형이 교복을 갈아입고 집을 나서는 걸 실눈으로 지켜보고 나서야 눈을 떴다. 그리고 침대에 올라가 파란색 담요를 돌돌 말았다. 담요에서 형 냄새가 났다. 재빨리 섬유탈취제를 담요에 칙칙 뿌렸다.

형이 고등학교에 입학했을 때 얼마나 가슴이 후련했는지 모른다. 등교 시간이 달라서 아침에 서로 마주칠 일이 없으니까. 하지만 나도 2년 후면 고등학생이 된다. 또다시 매일 아침마다 형의 짜증을 받아 줘야 한다고 생각하니 벌써부터 죽을 맛이다.

어릴 때는 형과 꽤 친했던 것 같은데 어쩌다 이렇게 됐는지 모르겠다. 형이 내게 짜증을 내기 시작한 게 언제부터였을까? 내가 친구들한테 맞아 왔을 때부터? 아니면 부모님이 다툰 후부터? 그도 아니면 엄마가 집을 나간 후부터? 잘 모르겠다. 언제부턴가 형은 내 얼굴만 봐도, 내가 하는 말만 들어도 짜증을 냈다. 그냥 나만 보면 절로 짜증이 샘솟는다고 했다. 그래서 나는 되도록 형의 눈을 피하고, 말도 아끼게 됐다.

담요에서 나오자마자 몸이 절로 움츠러들었다. 올 겨울은 정말 지독히도 춥다. 꼭 커다란 냉장고 속에 들어와 있는 것 같다.

학교 가는 내내, 빨리 봄이 왔으면 좋겠다고 생각했다. 그러면 형이랑 한 침대에서 잠을 자지 않아도 된다. 봄이 오면 침대는 형에게 주고, 나는 원래 그랬던 것처럼 부엌 식탁 옆 공간에 담요를 깔고 잠을 자면 된다. 그게 새우잠을 자는 지금보다 훨씬 낫다. 그리고 또, 봄이 오면…… 그때는 집 나간 엄마가 돌아올지도 모른다. 그러면 아빠의 술주정도 지금보다 나아질 것이다. 꽁꽁 얼어붙었던 우리 집에도 어쩌면 봄볕이 내리쬘지 모른다.

1학년 3반 교실. 문을 열자마자 지우개 하나가 날아들었다. 지우개에 이마를 맞았지만 나는 태연하게 자리에 가서 앉았다. 지우개를 던진 녀석이 씩씩대는 게 보였다. 분명 약이 바짝 올랐을 것이다.

나는 중학교에서도 왕따다. 형이 내 얼굴을 보며 짜증 내는 것처럼, 아이들도 나만 보면 괴롭히지 못해 안달이다. 삐쩍 말랐다고, 여자처럼 얼굴이 하얗다고, 목소리가 가늘다는 이유들로 말이다.

　처음에는 친구들이 괴롭히는 게 서러워서 많이도 울었다. 하지만 그때마다 아이들은 늑대처럼 더욱 악랄하게 괴롭혀댔다. 그래서 난 대꾸도 반응도 하지 않기로 결심했다. 아이들이 괴롭혀도 대답하지 않고, 그냥 붙박이장처럼 하루 종일 가만히 앉아 있기만 했다. 아이들이 지나가며 내 뒤통수를 툭툭 쳐도, 책을 쓰레기통에 내던져도 참고 또 참았다. 참는 건 내 유일한 장기이니까. 그게 내가 고통을 이기는 방법이었다.

　수업을 마치고 느릿느릿 집으로 향했다. 놀이터 옆 공중전화에서 엄마에게 전화를 했지만 오늘도 받지 않는다. 휴대폰이 있었다면 문자라도 보냈을 텐데. 하긴, 내가 아니어도 아빠가 날마다 엄마에게 문자를 보내고 있을 거다. 엄마는 도대체 어디에 있는 걸까?

　전화를 끊고 놀이터로 걸어갔다. 찬바람 부는 놀이터엔 나밖에 없었다. 그네에 앉아 힘껏 발 구르기를 했다. 발을 바둥거릴수록 그네가 위로, 더 위로 떠올랐다. 이대로 그네를 타고 저 하늘로 날아가면 좋으련만. 그런 생각을 하니 '풉' 웃음이 났다. 나는 엉덩이가 미끄러질까 봐 그네 줄을 꽉 움켜쥐었다. 쇠줄은 손바닥을 꽁꽁 얼려버릴 모양인지 몹시 차가웠다.

　"저 자식, 뭔 청승이냐? 노는 것도 꼭 계집애 같아요."

방해꾼이 나타났다. 하지만 아랑곳하지 않았다. 볼을 할퀴는 바람이 시원하게 느껴졌다.

"하여간 왕따는 남달라요, 남달라. 저 자식이 우리 반 평균 이미지 다 깎아먹는다니까!"

아마 나랑 같은 반인가 보다. 목소리를 들었지만 어떤 얼굴도 떠오르지 않았다.

"야! 이리 내려와 봐."

어스름 해지는 풍경이 참 멋졌다.

"너 사람 말이 말 같지 않냐?"

그네가 다시 붕 뜨려고 할 때 누가 줄을 낚아챘다. 그 바람에 그네가 옆으로 뒤집어지면서 바닥에 몸을 구르고 말았다. 흙 때문에 교복이 엉망이 됐다.

"푸하하하. 쇼를 해요, 쇼를!"

녀석들이 나를 보며 한바탕 키득거렸다. 자리에서 일어나 손으로 바지를 탁탁 털었다. 볼과 손바닥에 모래알이 박혀 따가웠다.

"넌 사람이 말 하는데 들은 척도 안하냐?"

녀석의 얼굴을 가만 들여다봤다. 알고 보니 우리 반에서 가장 키가 큰 '선수'였다. 아이들이 '농구 선수'라고 부르면서 생긴 별명이었다. 그 옆에 선수보다 키 작은 아이 두 명이 서 있었다. 녀석들 이름을 떠올려 보려 해도 도무지 생각나지 않았다. 어쩌면 다른 반일지도 모른다.

나는 눈을 내리깔고 아무 말도 하지 않았다.

"어쭈! 해 보겠다는 거냐?"

선수가 손바닥으로 나를 툭 밀쳤다. 나는 뒤로 두 발자국 밀려난 후 그대로 서 있었다. 자, 이제 녀석들은 날 보고 성을 낼 거다. 작은 미동도 하지 않는 내 모습에 배알이 꼴릴 테니까.

"대꾸할 가치도 없다 이거냐?"

"너 오늘 우리한테 좀 맞아야겠다!"

아이들이 내게 득달같이 달려들었다. 주먹과 발로 내 머리와 어깨, 허리를 마구 때렸다. 나는 팔로 머리를 감싸 쥐고 제자리에 쭈그려 앉았다. 그리고 이를 악물고 마음속으로 숫자를 세기 시작했다. 어릴 적, 파란 담요 안에서 잠이 오지 않을 때마다 숫자를 세었던 것처럼.

그때였다.

"너희들 뭐야?"

어디선가 낯익은 목소리가 들려왔다. 그 소리에 매서운 발길질이 뚝 멈췄다.

나는 그제야 고개를 들었다. 저 멀리서 누군가가 이쪽으로 마구 달려오고 있었다. 큰 키에 마른 몸, 쫙 찢어진 눈. 우리 형이었다. 어찌나 빨리 뛰어오는지 발이 보이지 않을 정도였다.

형이 달려오면서 그대로 선수의 배에 발차기를 했다. 선수가 힘없이 모래밭에 꼬꾸라졌다. 두 아이는 눈치를 보며 슬금슬금 줄행랑쳤다. 형이 아이들을 잡으러 간 사이, 선수는 재빨리 도망갔다. 몇 분 후, 형은 혼자서 터벅터벅 놀이터로 돌아왔다.

"한 주먹도 안 되는 것들이. 다 도망갔네."

형이 모래밭에 던져둔 가방을 들쳐 멨다.

"괜찮냐?"

나는 형의 얼굴을 쳐다보지도 않고 고개를 끄덕였다.

"무슨 죄 지었냐? 누가 때리면 너도 좀 달려들어. 맞고만 있지 말고."

형은 이렇게 말하며 멀찌감치 앞서 걸어갔다. 어릴 적부터 형은 나보다 늘 앞서 걸었다. 내가 재빨리 뛰어가서 형을 따라잡으면 형은 나더러 열 발자국 뒤 떨어져 걸어오라고 말하곤 했다. 그때 나는 깨달았다. 형이 날 창피하게 여긴다는 것을. 하긴, 날마다 얻어맞고 오는 동생을 좋아할 형은 많지 않을 것이다.

나는 일부러 형 뒤를 천천히 쫓았다. 형 교복 바짓단이 깡똥해서 발목이 다 보였다. 형의 뒷모습을 보는데 자꾸만 눈가가 시큰거렸다. 나는 손으로 눈을 비볐다.

현관에 아빠 신발이 없었다. 오늘도 늦으시나 보다. 형은 교복을 벗지도 않고 바로 안방으로 들어가 TV를 틀었다. 밥도 대충 챙겨서 안방에서 혼자 먹는다. 내가 밥을 먹는지 굶는지 관심도 없다.

나는 밥통에 남아 있는 밥을 싹싹 긁어먹고 작은 방으로 갔다. 우리 집은 안방과 작은 방, 거실 겸 부엌 이렇게 세 칸으로 되어 있다. 마주보는 방 사이에 작은 공간이 있는데 거기에 싱크대와 냉장고, 그릇 등이 질서 없이 들어차 있다. 욕실과 화장실은 집 밖에 딸려 있어서 요즘처럼 추운 날엔 겨우 세수만

한다.

처음부터 우리가 이렇게 작은 집에 살았던 것은 아니다. 아빠는 신발 공장을 운영하는 사장이었다. 얼마나 많은 돈을 벌었는지 잘은 모르지만 남에게 손을 벌리지 않아도 될 만큼 항상 넉넉했다. 우리가 살았던 아파트는 1년 내내 따뜻한 물이 펑펑 나왔고, 형과 내 방도 따로 있었다. 엄마는 항상 미소 띤 얼굴로 우리에게 맛있는 간식을 만들어 주곤 했다.

아빠의 사업이 망한 것은 순식간이었다. 인건비가 싼 중국이 경쟁자로 떠오르면서 아빠의 신발 공장은 경쟁에서 점점 밀려났다. 그리고 도미노처럼 모든 게 순식간에 무너져 내렸다.

실업자가 된 아빠는 여기저기 뛰어다니며 사업을 일으키려고 노력했다. 이때까지만 해도 아빠는 참 좋은 사람이었다. 뭐든 최선을 다했으니까. 하지만 일이 잘 풀리지 않자 아빠는 자꾸만 술을 가까이했고, 가족들에게 거친 말도 서슴지 않고 내뱉었다. 어느 날은 집에 있던 물건을 마구 내던지며 부서뜨리기까지 했다. 그 모습에 엄마와 형, 나는 두려움에 벌벌 떨었다. 그러는 사이 우리 집은 전세에서 월세로 밀려났고, 전업주부였던 엄마는 이곳저곳 일을 다니기 시작했다.

나는 열 손가락을 펴서 곰곰이 시간을 헤아려 봤다. 여섯 손가락이 접히고서야 깨달았다. 우리 집이 망가지는 데 6년밖에 걸리지 않았다는 사실을.

현관문 작은 틈으로 바람이 새어 들어왔다. 나는 몸을 부르르 떨며 파란색 담요를 몸에 돌돌 말았다. 그리고 책상에 앉아 숙제를 했다. 문제가 잘 풀리지 않을 때마다 담요에 코를 댔다. 그러자 은은한 꽃향기가 났다. 꼭 엄마 냄새 같아서 나는 담요에 얼굴을 더욱 깊숙이 파묻었다. 그러다 까무룩 잠이 들었나 보다.

"넌 허구한 날 그 담요밖에 모르냐? 중학생이나 된 녀석이 그런 거 껴안고 있으니까 계집애라고 놀림 받는 거야."

형 목소리에 잠에서 깼다. 형은 쿵쾅거리며 침대에 들어가 이불을 머리끝까지 올려버렸다. 밖에서 아빠가 술에 취해 혼잣말 하는 소리가 들렸다. 나는 불을 끄고 침대 위 형 옆에 누웠다. 담요로 몸을 꼭 싸맨 채.

'정말 담요 때문일까? 담요 때문에 내가 이 모양 이 꼴이 된 것일까?'

형의 말을 들으니 정말 모든 게 담요 탓인 것만 같았다. 이렇게 작은 것에 집착하고 위안을 얻는 내가 한심하게 느껴졌다.

나는 어릴 때부터 이 담요가 없으면 잠을 자지 못했다. 다른 아이들이 인형이나 로봇에 집착하듯이 나는 담요에 매달렸다.

엄마는 이런 날 보며 재밌어했다. 집에 손님이 놀러 오면 담요를 꼭 껴안고 있는 나를 가리키며 "쟤는 담요 없인 못 사는 애예요. 정말 재밌죠?"라고 말하며 웃었다. 나는 엄마가 웃는 게 좋아서 일부러 담요를 꼭 껴안곤 했다. 그러다 보니 담요가 정말 좋아졌다. 없어지면 죽기라도 할 것처럼.

내가 초등학교에 올라가서도 담요를 놓지 못하자 엄마는 화를 냈다.

"네가 어린 애야? 아직도 그러고 있으면 어떡해?"

엄마가 담요를 빼앗으려 할 때마다 나는 완강히 버텼다. 내가 학교 간 틈을 타 숨겨 놓거나 버릴 때도 있었지만 그럴 때마다 보물찾기를 하듯 반드시 찾아냈다. 심지어 엄마가 담요를 불태워 버릴지도 모른다는 생각이 들어 담요를 가방에 넣어 학교에 다니기도 했다.

담요 덕에 웃던 엄마는 점점 담요 탓에 화내는 일이 많아졌다. 더 이상 엄마를 웃게 만들 수 없다는 생각에 울적해졌다. 하지만 담요를 놓을 수 없었다.

'그래, 내일 버리자! 꼭 버리고 말 테야.'

담요를 꼭 쥐고 결심했다. 이걸 떠나보내야 형처럼 강한 사람이 될 것 같았다. 아니 어쩌면…… 담요를 버리면 엄마가 돌아올지도 모른다. 돌아와서 기특하다고 머리를 쓰다듬어 줄지도 모른다. 중학생이 되더니 의젓해졌다며 말이다.

다음 날, 토요일인데도 형은 아침 일찍 어디론가 나갔다. 온몸이 뜨겁고 욱신욱신했다. 어제 놀이터에서 찬바람을 맞아 감기에 걸렸나 보다. 티셔츠를 걷어 보니 옆구리에 퍼렇게 멍이 들어 있었다. 나는 담요를 친친 싸매고 침대에서 계속해서 잠만 잤다.

일어나 보니 밖이 어두컴컴했다. 온종일 누워 있어서인지 배가 고팠다. 부엌에서 라면을 끓어 먹고 방에 들어왔다. 침대 위에 널브러진 담요를 보니, 어젯밤 다짐했던 게 떠올랐다.

나는 패딩 점퍼를 입고 담요를 돌돌 말아 품에 넣은 후 집을 나섰다. 낮 동안 눈이 내렸는지 세상이 온통 하얗게 변해 있었다. 나는 살금살금 발을 내디디며 내리막길을 조심스레 내려갔다. 큰길에 있는 '헌옷 수거함'에 담요를 넣고 올 생각이었다.

노란 가로등 불빛을 보니 언젠가 TV에서 봤던 오징어잡이 배가 생각났다. 일곱 살 때 가족들과 다함께 강릉 해수욕장에 갔던 기억도 떠올랐다. 가족들 표정은 다 떠오르는데 정작 바다가 기억나지 않았다. 바닷물은 어떤 색이었는지, 파도는 맹렬했는지 잔잔했는지. 아무것도 생각나지 않았다. 그날 이후로 다시는 바다를 본 적이 없다. 그럴 줄 알았으면 가족들 얼굴이 아니라 바다 풍경을 마음속에 꼭꼭 담아두는 건데.

내리막길 중간에 다다랐을 때였다. 왼편 골목길에서 시끄러운 소리가 났다. 슬그머니 고개를 내밀어 골목길을 들여다봤다. 까만색 패딩 점퍼를 입은 형들이 떼거리로 몰려 있었다. 형들은 바닥에 넘어져 있는 한 명에게 뭐라고 욕을 뱉고 있었다. 보기만 해도 심장이 콩알만 해지는 것 같았다.

서둘러 자리를 뜨려는 순간, 바닥에 누워 있는 사람의 운동화를 보고야 말았다. 빨간 번개무늬. 우리 형 운동화였다.

나는 거북이처럼 몸을 잔뜩 움츠렸다.

'에이, 우리 형이 아닐 거야.'

나서야 할지 말아야 할지 판단이 서지 않았다. 형의 운동화와 같긴 했지만 다른 사람일지도 모른다. 만약 형이 아니라면 괜히 끼어들었다가 억울하게 곤죽이 되도록 맞을 수도 있다.

패딩 점퍼를 입은 덩치들이 다시 발길질을 해댔다.

"윽! 으윽."

쓰러져 있는 사람이 형이 아니었으면 했다. 하지만 형의 목소리를 듣고 말았다. 갑자기 울컥 울음이 나왔다. 형은 그동안 내가 누군가에게 맞고 있으면 대신 싸워 줬다.

"우리 형, 때리지 마!"

어디서 그런 용기가 생겼는지 모르겠다. 나도 모르게 버럭 큰 소리가 나왔다. 덩치들이 멍한 표정으로 날 쳐다봤다. 곧, 별 일 아니라고 생각했는지 킥킥거리며 웃기 시작했다.

"왕따! 네 동생이냐?"

덩치들이 형을 왕따라고 불렀다. 두 귀로 들었지만 믿을 수가 없었다. 형이 날 쳐다봤다. 눈동자가 이리저리 흔들렸다.

"으아아아아아악!"

나는 담요를 꼭 쥐고 덩치들을 향해 달려갔다. 누군가가 내 어깨를 움켜쥐었지만 잽싸게 뿌리쳤다. 그리고는 쓰러져 있는 형을 껴안고, 담요를 뒤집어썼다. 덩치들이 내 등을 마구 밟아 댔다. 어찌나 아픈지 등뼈가 다 부스러지는 것만 같았다.

"바보 같은 놈."

형이 조용히 말했다. 나는 담요를 쥔 손에 꾹 힘을 주었다.

"거기 너희들 뭐야?"

굵은 목소리가 골목길에 울려 퍼졌다. 그제야 발길질이 멈췄다. 목소리가 들리는 반대편으로 '후다다닥' 발소리가 사라지는 게 느껴졌다.

"너희들 괜찮니?"

누군가가 담요를 걷어 내며 물었다. 트레이닝복을 입은 뚱뚱한 아저씨였다. 나는 고개를 끄덕이며 괜찮다고 했다.

형이 '끙' 소리를 내며 자리에서 일어났다. 나는 형 어깨에 조심스레 담요를 덮었다. 형은 뿌리치지도 않고 또 저만치 앞장서 걸어갔다.

한 발 한 발 내디딜 때마다 등이 욱신욱신했다. 나는 인상을 쓰며 형의 등을 올려다봤다. 그러자 신기한 일이 벌어졌다. 형의 등에서 너울이 일기 시작했다. 파란색 파도가 넘실대며 나에게로 밀려들었다가 멀어져 갔다. 너울대는 파란 파도를 보자 별안간 등에 파스를 붙인 것처럼 시원해졌다. 그제야 잊어 버렸던 바다 풍경이 떠올랐다.

"형! 같이 가!"

나는 형을 향해 힘껏 달음질을 했다.

나 자신을 잃지 않고 '견디기'

2018년 1월 5일, 우주가 세상에 나왔다. 서른 몇 해를 살면서 내가 '엄마'가 될 줄은 상상도 못 했다. 내 한 몸 건사하기에도 벅찬 사람이 엄마는 무슨 엄마? 내가 과연 엄마가 될 자격이나 있을까? 숱한 의심과 번뇌 속에서 덜컥 엄마가 되어 버렸다.

밤마다 악쓰며 우는 딸아이를 어르고 달랠 때마다 꼭 우주 어딘가에 불시착한 지구인이 된 것 같은 기분이었다. 아아! 나는 과연 구조대의 눈에 띌 수 있을 것인가? 왜 날 구할 우주선은 오지 않는 걸까? 그러나 사람은 확실히 적응의 동물이었다. 새로운 행성에서 견디기를 수개월, 그렇게 나는 어느새 '우주 엄마'가 되어 있었다.

깜깜하고 막막한, 하지만 귀엽고 사랑스러운 나의 행성에서 '살기 위해' 글쓰기를 놓지 않았다. 1년 전, 임신 소식을 주변에 알렸을 때 축하한다는 말과 함께 가장 많이 들은 이야기가 "1년

동안 아무것도 못 할 거야, 각오해!"라는 말이었다. '아무것'에는 '창작'도 포함돼 있을 거라고 생각하니 참 무서웠다. 정말 글 한 편도 못 써 내려갈 줄 알았으니까.

임신 기간 동안, 다람쥐가 동면을 앞두고 도토리를 쌓아 놓듯 부지런히 글을 써 내려갔다. 이 책 『파란 담요』에 실린 여섯 편 중 절반이 우주를 품고 쓴 글이다.

우주가 태어나자 정말 다른 것에 신경 쓸 겨를이 없었다. 그 와중에 알아야 할 것은 또 얼마나 많은지……. 젖은 얼마나 자주 물려야 하는지, 기저귀는 어떤 브랜드가 좋은지, 로션은 무엇을 발라야 하는지 등 정보를 찾고 답을 구할 때마다 절규했다. "뭐가 이렇게 어려워? 엄마 같은 거 안 할래!" 하지만 곧 깨달았다. 내가 지금 '만점 엄마'가 되려고 애쓰고 있었다는 걸. 그 길로 노트북을 열고 글을 썼다.

아이에게 쏟을 시간을 상당수 글에 양보했지만, 다행히 우주는 온 가족의 사랑을 받으며 무럭무럭 자라났다. 그토록 애달파하지 않아도 사랑만 있다면 생명은 순리대로 자라고 살을 찌운다. 아무리 힘든 시간도 견디다 보면 보석이 된다.

글도 마찬가지다. 세상과 부대끼며 얻은 '이야기 씨앗'을 백

지 위에 옮기는 순간, 주인공들은 살아서 움직인다. 애초 작가가 설계했던 흐름과 별개로 등장인물 저마다가 이야기에 살을 붙이며 자신이 주인공인 글을 완성한다. 『파란 담요』에 실린 이야기들도 모두 그렇게 태어났다. 나는 그저 이야기 속 '나'들이 건넨 말을 그대로 옮겨 적었을 뿐이다.

이 책의 주인공들은 어딘지 모르게 소심하고 어수룩하지만 하나같이 진실하고 착한 녀석들이다. 난생 처음 만난 할머니와 여행지에서 티격태격하다 진정한 가족이 된 '한지', 몸과 마음을 얽매던 스키니진을 찢어 버린 '송희', 원수를 혼내 주러 갔다가 함께 라면을 먹게 된 '아리', 피에로 아르바이트를 하다 진짜 자신의 모습을 찾게 된 '태양', SNS를 탈출해 친구를 만난 '여름', 자신의 모든 것인 담요를 내던져 형을 감싸 준 '나'. 저마다 힘든 시간을 보내고 있지만 불운에 쉽게 잠식당하지 않는다. 선하고 밝은 자신만의 천성으로 지금 이 순간을 견디며 묵묵히 나아갈 뿐이다.

사전을 찾다가 새삼스레 깨달은 게 있다. '견디다'라는 단어에는 '물건이 열이나 압력 따위의 외부 작용을 받으면서도 일정 기간 동안 원래의 상태나 형태를 유지하는 것'이라는 뜻도 담겨 있다는 걸. 지금 몹시도 힘든 '한 철'을 보내고 있는 사람들이 있다면 꼭 알려 주고 싶다. 아무리 힘들어도 자신을 잃지 말고 견디다 보면 인생은 반드시 해답을 안겨 준다는 것을 말이다.

언제나 내 편이 되어 주는 남편 하상균, 하늘이 보내 준 귀한 딸 우주, 온 가족과 이웃들에게 고마운 마음을 전한다. 그리고 이 책이 세상에 나오기까지 애써 주신 〈푸른책들〉에 진심으로 감사드린다. 계속해서 더 좋은 글을 쓰고 싶다.

2019년 1월

김 정 미

김 정 미

1984년 제주에서 태어났으며, 현재 경북 경산에서 살고 있다. 낮에는 직장에서 보도자료를 쓰고, 밤에는 거실에서 작품을 쓰는 '이중생활'을 이어 나가고 있다. 2013년 '어린이동산 중편동화 공모'에서 우수상을 수상하며 작품 활동을 시작했다. 2014년 청소년소설 「스키니진 길들이기」로 제12회 푸른문학상 '새로운 작가상'을 수상했으며, 같은 해 전북일보 신춘문예에 동화 「붕어빵 잉어빵 형제」가 당선되었다. 2015년 MBC창작동화대상, 2018년 교보문고 스토리공모대전 우수상을 수상했다. 지은 책으로는 『유령과 함께한 일주일』, 『보름달이 뜨면 체인지』, 『파란 담요』 등이 있다.

푸른도서관

푸른도서관은 '10대에서 20대까지' 눈부신 성장을 거듭하는
'푸른 세대'를 위한 본격 문학 시리즈입니다.
이금이 작가의 대표작인 『유진과 유진』을 비롯하여
푸른문학상 수상작 『불량한 주스 가게』, 『외톨이』 등
당대 청소년들의 현실을 생생하게 반영한 성장소설과
『화랑 바도루』, 『허황옥, 가야를 품다』 등 다양한 시대상을 반영한 역사소설,
청소년시집 『악어에게 물린 날』, 『그래도 괜찮아』
그리고 흥미진진한 판타지에 이르기까지
국내 작가들이 공들여 창작한 감동적인 작품들을
푸른도서관에서 더 만나 보세요!

1. 뢰제의 나라 강숙인 지음

교통사고로 가사 상태에 빠진 열두 살 소년이 저승사자의 손에 이끌려 저승인 '뢰제의 나라'를 여행하면서 벌어지는 모험담을 담은 판타지소설.

★ 윤석중문학상 수상작 ★ 동화읽는가족 추천도서

2. 아버지가 없는 나라로 가고 싶다 이규희 지음

아픈 결핍의 가족사를 벗어던지고 마침내 더 너른 세상을 향해 나아가는 소녀를 통해 성장의 의미를 곰곰이 곱씹게 해 주는 가슴 뭉클한 성장소설.

★ 세종아동문학상 수상작

3. 까망머리 주디 손연자 지음

좋아하는 남학생에게 외모에 대한 조롱 섞인 말을 듣고, 입양아인 자신이 미국 사회의 이방인이라는 사실을 깨닫는 사춘기 소녀 주디가 정체성을 찾아가는 이야기.

★ 책따세 추천도서 ★ 학교도서관사서협의회 추천도서 ★ 부산광역시교육청 독서인증제 권장도서

4. 이삐 언니 강정님 지음

일제 강점기 말과 해방 공간을 시간적 배경으로 밤나무정 마을에 사는 '복이'라는 여자아이의 삶의 비밀을 하나하나 알아가는 과정을 그린 아름다운 연작소설집.

★ 서울시교육청 교과별 권장도서 ★ 한우리독서토론논술 필독도서 ★ 한국아동문예상 수상작

5. 너도 하늘말나리야 이금이 지음

미르와 소희, 바우는 각자의 상처를 속으로 감추고 괴로워하다 서로를 알아본다. 서로의 상처를 보듬어 주는 순간, 상처에는 새살이 돋고 아이들은 비로소 성장하게 된다.

★ 중학교 〈국어〉 교과서 수록 ★ 책따세 추천도서 ★ 〈중앙일보〉 좋은책 100선 선정도서

6. 내 이름엔 별이 있다 박윤규 지음

1970년대라는 한국 사회의 정치적·사회적 격동기를 배경으로 성장해 나가는 사춘기 소년의 삶을 통해 2000년대의 우리가 잊고 지냈던 '꿈'과 '희망'을 다시 한 번 환기시켜 준다.

★ 서울시립어린이도서관 추천도서

7. 토끼의 눈 강정규 지음

한국 전쟁을 배경으로 한 세 편의 이야기를 엮은 소설집. 작품 속에 총소리나 죽음은 등장하지 않지만, 천진한 아이들의 눈으로 바라본 전쟁이 숨이 막힐 듯 가깝게 다가온다.

★ 세종아동문학상 수상작 ★ 아침독서 청소년 추천도서

8. 화랑 바도루 강숙인 지음

부모님을 일찍 여읜 바도루가 김충현 장군 밑에서 생활하며 그의 자제인 경천과 함께 피나는 노력과 뜨거운 우정을 나누며 꿈에 그리던 화랑이 되는 이야기를 그린 본격 역사소설.

★ 동화읽는가족 추천도서

9. 유진과 유진 이금이 지음

어린 시절 함께 성추행을 당한 동명이인 '유진과 유진'의 각각 다른 성장 과정을 통해 청소년의 심리를 아주 세밀하게 보여 주는 이금이 작가의 청소년소설.

★ 책따세 추천도서 ★ 어린이도서연구회 청소년 권장도서 ★ 학교도서관저널 선정 성장소설 50선

10. 마사코의 질문 손연자 지음

일본인 소녀의 입으로 일본인의 죄를 묻는 이야기. 일제 강점기에 우리 민족이 겪은 온갖 수난을 생생하고 절실하게 그려 낸 9편의 작품이 실려 있다.
★ 세종아동문학상 수상작 ★ SBS 어린이미디어대상 수상작 ★ 한우리독서토론논술 필독도서

11. 아, 호동 왕자 강숙인 지음

비극적 사랑의 대명사 호동 왕자와 낙랑 공주, 그들이 정말 사랑하는 사이였는가에 대한 의문으로 시작된 역사소설. 우리가 알고 있던 이야기를 뒤집어 전혀 새로운 시각을 제시한다.
★ 한우리독서토론논술 필독도서 ★ 서울독서교육연구회 추천도서 ★ 책읽는교육사회실천협의회 추천도서

12. 길 위의 책 강미 지음

'책'을 통해 자연스럽게 자신의 고민과 방황을 해결하고 상처를 치유해 나가는 여고생들의 이야기를 잔잔하게 그렸다. 청소년들을 위한 성장소설들이 '책 속의 책'으로 가득 담겨 있다.
★ 제3회 푸른문학상 수상작 ★ 책따세 추천도서 ★ 문화체육관광부 우수교양도서

13. 느티는 아프다 이용포 지음

'지금 여기'의 '가장 낮은 곳'을 이야기하는 성장소설. 독자들에게 이웃을 바라보는 시선을 바꾸고 존재의 소중함을 돌아볼 수 있는 시간을 마련해 준다.
★ 한국문화예술위원회 우수문학도서 ★ 평화박물관 선정 청소년 평화책

14. 발끝으로 서다 임정진 지음

베스트셀러 『행복은 성적순이 아니잖아요』의 임정진 작가가 펴낸 청소년소설. 낯선 땅으로 홀로 유학을 떠난 주인공을 통해 조기 유학생활의 어려움과 외로움을 절절하게 그렸다.
★ 책따세 추천도서

15. 마지막 왕자 강숙인 지음

역사의 그늘에 가려져 있던 인물이자 신라의 마지막 왕인 경순왕의 아들 마의태자를 주인공으로 한 역사소설로, 그의 새로운 영웅적 면모를 보여 준다.
★ 〈중앙일보〉 좋은책 100선 선정도서 ★ 어린이도서연구회 청소년 권장도서

16. 초원의 별 강숙인 지음

마의태자를 주인공으로 한 『마지막 왕자』의 후속작. 사라져 버린 나라를 그리워하던 주인공 새부가 광활한 만주 대륙에서 아버지의 꿈을 이루는 과정을 흥미진진하게 그리고 있다.
★ 동화읽는가족 추천도서

17. 주머니 속의 고래 이금이 지음

가슴속에 품고 있는 꿈을 찾기 위해 노력하는 열다섯 살 아이들에 대한 이야기이다. 저마다 꿈을 좇는 과정에서 실패와 좌절을 겪지만 다시 씩씩하게 일어나는 모습을 보여 준다.
★ 중학교 〈국어〉 교과서 수록 ★ 아침독서 청소년 추천도서 ★ 대한출판문화협회 올해의 청소년도서

18. 쥐를 잡자 임태희 지음

원치 않는 임신을 한 여고생의 이야기로 성에 대해 여전히 취약한 우리 청소년의 현실을 돌아보고 위험성을 인식하게 만든다. 동시에 대책 마련이 시급하다는 사실을 새삼 일깨운다.
★ 제4회 푸른문학상 수상작 ★ 아침독서 청소년 추천도서 ★ 어린이도서연구회 청소년 권장도서

19. 바람의 아이 한석청 지음

우리나라 아동청소년문학 최초로 발해를 소재로 한 장편역사소설. 고구려 멸망 뒤 옛 고구려 지역에 살던 이들의 비참한 삶과 나라를 되찾고자 하는 투쟁을 생생하게 그려 냈다.
★ 한우리독서토론논술 필독도서　★ 책읽는교육사회실천협의회 추천도서

20. 베스트 프렌드 이경혜 외 지음

사춘기를 지나 성숙한 남녀로 성장하는 과정에 놓인 청소년들의 심리 변화를 섬세하게 그린 표제작을 비롯해 현실적인 청소년들의 한계와 모순을 그린 5편의 단편소설을 엮었다.
★ 어린이도서연구회 청소년 권장도서

21. 리남행 비행기 김현화 지음

봉수네 가족이 북한을 탈출해 리남행 비행기에 오르기까지의 여정이 긴장감 있게 그려져 있다. 온갖 역경 속에서도 인간애와 가족애를 잃지 않는 모습이 진한 감동을 선사한다.
★ 제5회 푸른문학상 수상작　★ 책따세 추천도서　★ 한국문화예술위원회 우수문학도서

22. 겨울, 블로그 강 미 지음

자신만의 길을 찾아가는 청소년들이 종횡무진 활동하는 네 편의 작품을 담았다. 청소년들의 일상을 정확하고 섬세하게 묘사하여 그들이 나아갈 수 있는 길을 오롯이 보여 준다.
★ 문화체육관광부 우수교양도서　★ 아침독서 청소년 추천도서　★ 한국출판인회의 선정 이달의 책

23. 네가 하늘이다 이윤희 지음

1894년 동학 농민 운동을 배경으로 새로운 세상을 꿈꾸었지만 결국 이름조차 남기지 못하고 스러져 간 농민군의 이야기를 감동적으로 그려 낸 대하역사소설.
★ 아침독서 청소년 추천도서　★ 한국어린이문화대상 수상작

24. 벼랑 이금이 지음

원조 교제, 첫 키스, 협박, 폭력……. 거친 현실의 이면에 감춰진 청소년들의 내면을 섬세하게 다루고 있는 이금이 작가의 연작청소년소설.
★ 한국문화예술위원회 우수문학도서　★ 아침독서 청소년 추천도서　★ 네이버 북리펀드 선정도서

25. 뚜깐뎐 이용포 지음

서기 2044년, 한국에서 영어 공용화 법안이 통과된 뒤 영어가 일상어로 자리를 잡은 때와 한글이 박해를 받던 연산군 시절을 오가며 현대인들에게 진지한 성찰의 기회를 제공한다.
★ 아침독서 청소년 추천도서　★ 대한출판문화협회 올해의 청소년도서　★ 〈중앙일보〉 선정 이달의 책

26. 천년별곡 박균규 지음

천 년의 시간을 애증과 그리움으로 버틴 주목나무의 이야기를 절제된 감성으로 그린 작품. 시 형식을 차용한 소설인 '시소설'이란 신선한 장르에 애절한 정서를 잘 녹여 냈다.
★ 한우리가 선정한 좋은 책

27. 지귀, 선덕 여왕을 꿈꾸다 강숙인 지음

지귀 설화 속에 숨어 있는 선덕 여왕 이야기를 담은 역사소설. 지귀와 선덕 여왕, 김춘추와 김유신 등 시대의 격랑에 휘말린 이들의 삶과 사랑이 독자들의 가슴속에 파고든다.
★ 책따세 추천도서　★ 네이버 북리펀드 선정도서　★ 아침독서 청소년 추천도서

28. 청아 청아 예쁜 청아 강숙인 지음

〈심청전〉을 현대적으로 재해석한 소설. 새로운 시각의 심청과 서해 용왕 그리고 그의 아들을 등장시켜 '보이지 않는 사랑 이야기'를 통해 참다운 사랑의 의미를 되새기게 한다.
★ 한국출판인회의 선정 이달의 책   ★ 중앙독서교육 선정도서

29. 살리에르, 웃다 문부일 외 지음

'엄친아'와의 비교에 시달리며 자신을 '살리에르'라 믿는 청소년들에게 건네는 '꿈'에 관한 다섯 가지 이야기. 꿈을 향한 청소년들의 힘차고도 아름다운 몸부림이 담겼다.
★ 제6회 푸른문학상 수상작   ★ 아침독서 청소년 추천도서   ★ 학교도서관사서협의회 추천도서

30. 사라지지 않는 노래 배봉기 지음

세계적 미스터리의 하나인 이스터 섬 모아이 석상의 비밀을 소재로 인간의 파괴적 욕망과 그것을 극복했을 때 찾을 수 있는 평화를 보여 준다.
★ 문화체육관광부 우수교양도서   ★ 네이버 북리펀드 선정도서   ★ 국립어린이청소년도서관 추천도서

31. 김홍도, 조선을 그리다 박지숙 지음

김홍도의 그림을 통해 그의 삶을 다룬 연작으로, 작가 특유의 상상력과 깊이 있는 통찰력으로 '인간 김홍도'의 삶을 생생하게 되살려낸 본격 역사소설이다.
★ 문화체육관광부 우수교양도서   ★ 〈소년조선일보〉 추천도서   ★ 아침독서 청소년 추천도서

32. 새가 날아든다 강정규 지음

한국 전쟁을 직접 경험한 세대가 전쟁과 분단과 이산이라는 문제를 다른 시각에서 조명한 작품. 역사의 굴곡을 넘어 당대의 사람들이 더불어 살아가는 이야기를 일곱 편의 소설에 담았다.
★ 아침독서 청소년 추천도서

33. 에네껜 아이들 문영숙 지음

구한말 멕시코의 낯선 농장으로 이주한 조선 사람들이 노예처럼 일하며 온갖 고난과 수모를 당하지만 불굴의 의지로 희망의 새로운 터전을 마련한 내용을 담은 역사소설.
★ 책따세 추천도서   ★ 대한출판문화협회 올해의 청소년도서   ★ 아침독서 청소년 추천도서

34. 밤나무정의 기판이 강정님 지음

1950년대를 배경으로 소년 기판이의 각별하고도 애틋한 성장과 모험과 죽음을 다룬 이야기. 작가 특유의 입담과 사투리에 실린 당시의 일상과 풍속이 눈앞에 생생하게 되살아난다.
★ 한국문화예술위원회 우수문학도서   ★ 대한출판문화협회 올해의 청소년도서   ★ 아침독서 청소년 추천도서

35. 스쿠터 걸 이은 지음

질풍노도의 시기인 청소년기의 한복판에 서 있는 열다섯 살 중학생들을 본격적으로 등장시킴으로써 중학생들의 삶을 밀도 있게 그려 낸 청소년소설집.
★ 한국간행물윤리위원회 우수청소년저작 당선작   ★ 학교도서관저널 추천도서

36. 우리 반 인터넷 소설가 이금이 지음

거짓이 휘두르는 보이지 않는 폭력에 '진실'이 어떻게 왜곡되고 유배되는지를 청소년들의 생생한 세태 묘사와 치밀한 구성을 바탕으로 보여 준다.
★ 네이버 북리펀드 선정도서   ★ 학교도서관저널 추천도서   ★ 국립어린이청소년도서관 추천도서

37. 열네 살, 비밀과 거짓말 김진영 지음

습관적인 도둑질에 빠져들면서 비밀과 거짓말이 늘어나게 된 평범한 열네 살 소녀 하리가 다시 삶의 진실을 찾아가는 성장소설.

★ 한국간행물윤리위원회 청소년 권장도서   ★ 문화체육관광부 우수교양도서

38. 허황옥, 가야를 품다 김정 지음

먼 바다를 건너 가야로 온 인도 아유타국 공주 허황옥의 삶을 조명하면서, 철을 바탕으로 국제 무역의 중심지로 자리했던 가야의 역사를 생생히 전하는 역사소설이다.

★ 학교도서관저널 추천도서   ★ 대한출판문화협회 올해의 청소년도서

39. 외톨이 김인해 외 지음

요즘 청소년들의 왜곡된 삶과 고민을 가감 없이 보여 주며, 그들의 정서적 긴장감과 내면적 따뜻함을 동시에 그리고 있는 세 편의 단편소설이 실려 있다.

★ 제8회 푸른문학상 수상작   ★ 국립어린이청소년도서관 사서 추천도서   ★ 아침독서 청소년 추천도서

40. 그래도 괜찮아 안오일 지음

현실의 부정과 좌절에 길항하는 청소년들의 고민을 진정성 있게 담아낸 청소년시집. 청소년들이 지닌 '생기'를 유감없이 보여 주며 긍정과 희망의 메시지를 전한다.

★ 한국간행물윤리위원회 우수청소년저작 당선작   ★ 한국문화예술위원회 우수문학도서

41. 소희의 방 이금이 지음

이금이 작가의 대표작 『너도 하늘말나리야』의 후속작. 달밭마을을 떠나 재혼한 친엄마와 재회해 새 가족의 일원이 된 열다섯 소희의 욕망과 아픔을 다룬 성장소설이다.

★ 한국문화예술위원회 우수문학도서   ★ 한겨레 · 예스24 선정 청소년책 30선

42. 조생의 사랑 김현화 지음

조선시대를 배경으로 청년 '조생'이 청나라에 파견되는 연행사로 길을 떠나 사랑과 우정, 정의, 신념 등 삶의 진리를 깨달아가는 과정을 그린 청소년 역사소설.

★ 서울시교육청 남산도서관 사서 추천도서   ★ 〈아침햇살〉 선정 좋은 청소년책

43. 아버지, 나의 아버지 최유정 지음

위탁가정에 맡겨진 열여섯 살 연수가 자신의 친아버지를 찾아 떠나는 여정을 통해 진정한 자아 정체성을 확립해 가는 과정을 밀도 있게 그렸다.

★ 한국문화예술위원회 우수문학도서   ★ 〈아침햇살〉 선정 좋은 청소년책

44. 타임 가디언 백은영 지음

타임 슬립이라는 장치를 통해 개인과 사회에서 일어나는 현실의 문제들을 조명하는 본격 청소년 SF소설. 시공간을 뛰어넘는 구성과 예측할 수 없는 독특한 상상력을 맛볼 수 있다.

★ 〈아침햇살〉 선정 좋은 청소년책

45. 분청, 꿈을 빛다 신현수 지음

고려 최고의 사기장의 아들인 강뫼가 왜구 침입과 왕조의 변혁 등 극한 시대 상황 속에서 분청사기를 만들기까지의 과정을 흡인력 있게 그린 역사소설.

★ 대한출판문화협회 올해의 청소년도서   ★ 아침독서 청소년 추천도서

46. 방울새는 울지 않는다 박윤규 지음

5·18이라는 역사적 사건을 배경으로 그려지는 명창 소녀 '방울'과 고수 '민혁'의 안타까운 사랑 이야기. 슬픈 현대사를 정면으로 바라보고 올바르게 판단할 수 있는 용기를 준다.

★ 학교도서관저널 추천도서 ★ 한국문화예술위원회 우수문학도서

47. 악어에게 물린 날 이장근 지음

현직 중학교 교사인 시인이 청소년과 함께 호흡하면서 체험한 담백하고 직설적인 언어가 공감을 불러온다. 청소년들 질풍노도가 마음껏 활개 칠 수 있도록 기운을 북돋는 청소년시집.

★ 책따세 추천도서 ★ 대한출판문화협회 올해의 청소년도서 ★ 어린이도서연구회 청소년 권장도서

48. 찢어, Jean 문부일 지음

아르바이트, 집단 따돌림 등 청소년들이 공감할 수 있는 일곱 편의 이야기가 담겼다. 현실에 갇혀 사는 청소년들의 일탈을 유쾌하면서도 진정성 있게 담았다.

★ 아침독서 청소년 추천도서 ★ 한국문화예술위원회 우수문학도서

49. 불량한 주스 가게 유하순 외 지음

실수와 시행착오를 반복하다가 돌연 성장의 분기점을 지나는 청소년들의 '오늘'을 포착했다. 좌절과 반성의 언어조차 싱그러운 청소년들을 응원하게 만드는 네 편의 단편소설 모음.

★ 제9회 푸른문학상 수상작 ★ 아침독서 청소년 추천도서 ★ 네이버 북리펀드 선정도서

50. 신기루 이금이 지음

엄마와 엄마 친구들과 함께 몽골 사막 여행을 떠난 열다섯 다인이가 보낸 6일간의 여정을 통해 또 다른 생명의 고리로 순환되는 모녀 관계에 대한 고찰을 여행기 형식으로 그렸다.

★ 네이버 북리펀드 선정도서 ★ 서울시립어린이도서관 추천도서 ★ 아침독서 청소년 추천도서

51. 우리들의 매미 같은 여름 한 결 지음

섭식장애를 앓고 있는 모녀, 성추행, 보이즈 등 청소년들이 겪는 지독하게 뜨겁고 아픈 이야기가 담겨 있다. 청소년들이 자신 그리고 세상과 화해하는 여정을 솔직담백하게 그렸다.

★ 한국문화예술위원회 우수문학도서 ★ 네이버 북리펀드 선정도서

52. 모래시계가 된 위안부 할머니 이규희 지음

일본군 위안부로 끌려가 꽃다운 처녀 시절을 유린당한 황금주 할머니의 실제 이야기를 김은비라는 소녀의 이야기와 엮어 액자 형식으로 쓴 소설로, 일본어로도 번역 출간되었다.

★ 국제펜문학상 수상작 ★ 학교도서관저널 추천도서 ★ 경기도교육청 추천도서

53. 까레이스키, 끝없는 방랑 문영숙 지음

소련의 강제 이주 정책으로 시베리아 횡단 열차를 탔던 17만여 명의 까레이스키들의 고난과 역경, 도전과 설움을 절절하게 그린 역사소설이다.

★ 한국문화예술위원회 우수문학도서 ★ 아침독서 청소년 추천도서 ★ 한우리가 선정한 좋은 책

54. 나는 랄라랜드로 간다 김영리 지음

기면증을 앓는 소년과 그의 가족이 게스트하우스를 사수하기 위해 펼치는 소동을 재기 발랄하게 그렸다. 절망 속에서도 웃으며 싸울 줄 아는 청춘의 싱그러운 맨얼굴이 돋보인다.

★ 제10회 푸른문학상 수상작 ★ 아침독서 청소년 추천도서 ★ 한국문화예술위원회 우수문학도서

55. 열다섯, 비밀의 방 장미 외 지음

영혼의 도플갱어를 찾아 헤매는 외로운 청소년의 자화상이 네 편의 단편소설 속에 어우러져 있다. 청소년들의 내면의 목소리들이 조화롭게 어우러져 다양한 빛깔의 공명음을 들려준다.
★ 제10회 푸른문학상 수상작 ★ 학교도서관사서협의회 추천도서

56. 눈썹 천주하 지음

암에 걸려 1년 4개월 동안 치료를 받던 열일곱 살 소녀가 일상으로 돌아온 뒤의 이야기를 담고 있다. 가족과 친구, 일상이 얼마나 가치 있는 것인지를 새삼 깨우쳐 준다.
★ 국립어린이청소년도서관 사서 추천도서 ★ 한국문화예술위원회 우수문학도서 ★ 아침독서 추천도서

57. 나는 지금 꽃이다 이장근 지음

청소년들의 삶을 제대로 들여다보고 마음을 헤아리는 시 창작 과정을 통해 나온 본격적인 청소년을 위한 시로, 삶이 점점 피폐해지고 있는 청소년들의 마음을 어루만져 준다.
★ 문화체육관광부 우수교양도서 ★ 어린이도서연구회 청소년 권장도서 ★ 학교도서관저널 추천도서

58. 우리들의 사춘기 김인해 지음

겉으로 잘 드러나지 않는 소년들의 감성을 날카롭게 포착하여 진솔하고 강렬하게 그려낸 '소년들을 위한' 소설집. 표제작을 비롯한 여섯 편의 단편청소년소설을 담고 있다.
★ 국립어린이청소년도서관 사서 추천도서 ★ 한국문화예술위원회 우수문학도서

59. 여우 소녀 미랑 김자환 지음

조선시대 임진왜란 발발 즈음의 여수 지방을 배경으로, 구미호에게 아버지를 잃은 묘남과 구미호의 딸 여우 소녀 미랑의 애틋한 사랑 이야기를 담고 있다.
★ 새벗문학상 수상작가

60. 얼음이 빛나는 순간 이금이 지음

아이와 어른의 경계에서 몸살을 앓던 두 소년이 5년 뒤 전혀 다른 풍경을 띠게 된 각자의 삶을 응시한다. 우연으로 시작해 선택으로 이루어지는 인생의 내밀한 진실을 담았다.
★ 윤석중문학상 수상작가 ★ 학교도서관저널 추천도서

61. 택배 왔습니다 심은경 지음

질풍노도를 겪는 청소년과 그의 가족, 친구, 사회의 풍경을 그린 여섯 편의 단편청소년소설. 건강하게 자립하고 따뜻하게 소통할 줄 아는 인물들의 모습에서 희망을 엿볼 수 있다.
★ 한국문화예술위원회 우수문학도서 ★ 학교도서관저널 추천도서 ★ 아침독서 청소년 추천도서

62. 똥통에 살으리랏다 최영희 외 지음

팍팍한 사회 현실 속 청소년들의 고민을 각기 다른 개성으로 그린 네 편의 단편청소년소설을 묶었다. 부조리한 사회와 욕망을 관찰하고 풍자하는 이야기가 공감을 불러일으킨다.
★ 제11회 푸른문학상 수상작 ★ 아침독서 청소년 추천도서 ★ 국립어린이청소년도서관 사서 추천도서

63. 나에게 속삭여 봐 강숙인 지음

어느 날 갑자기 죽음을 맞이한 열일곱 살 소년 서준과 혼령의 기를 느끼는 소녀 아리 그리고 서준의 쌍둥이 여동생 유주가 각자의 방법으로 성장해 나가는 청소년 판타지소설.
★ 윤석중문학상 수상작가 ★ 학교도서관저널 추천도서

64. 아버지의 알통 박형권 지음

촌스러운 아빠와 바닷가 마을에 살게 되면서 정직하게 일하는 사람들을 만나며 한층 성장해 가는 주인공의 이야기가 유쾌한 감동을 선사한다.
★한국안데르센상 수상작가

65. 나는 나다 안오일 지음

청소년들에게 자신의 꿈이 무엇인지 알게 해 주어 스스로 자신의 삶에 당당하게 맞서는 모습을 보고 싶다는 작가의 바람을 담은 청소년시 57편이 실려 있다.
★제8회 푸른문학상 수상작가

66. 순희네 집 유순희 지음

순희네 집에 얽힌 가슴 아프지만 따뜻한 이야기와 성장통을 겪는 순희의 모습을 작가 특유의 섬세한 문장 안에 담아낸 자전적 소설이다.
★제14회 MBC 창작동화대상 수상작 ★제8회 푸른문학상 수상작가 ★한국출판문화산업진흥원 선정 세종도서

67. 첫 키스는 엘프와 최영희 지음

제11회 푸른문학상 수상작가의 첫 청소년소설집으로, 미래에 대한 압박감에 갇혀 십 대 시절을 보내는 오늘의 청소년들에게 부치는 편지 같은 소설 여섯 편을 묶었다.
★제11회 푸른문학상 수상작가 ★아침독서 청소년 추천도서 ★어린이도서연구회 청소년 권장도서

68. 숨은 길 찾기 이금이 지음

이금이 작가의 대표작 『너도 하늘말나리야』의 두 번째 후속작으로 소희의 욕망과 아픔을 다룬 『소희의 방』에 이어 달밭마을에 남은 미르와 바우의 사랑과 꿈을 섬세하게 그려 낸 성장소설이다.
★소천아동문학상 수상작가 ★한국출판문화산업진흥원 선정 세종도서

69. 스키니진 길들이기 김정미 외 지음

아직 미완성인 '나'의 정체성을 찾기 위해 고군분투하는 청소년들의 모습을 그린 네 편의 단편청소년소설이 실려 있다. 청소년이라면 누구나 고민해 봤을 만한 이야기가 공감을 불러일으킨다.
★제12회 푸른문학상 수상작 ★한국출판문화산업진흥원 선정 이달의 책 ★아침독서 청소년 추천도서

70. 나는 블랙컨슈머였어! 윤영선 외 지음

우리 사회를 바라보는 날카로운 시선과 따뜻한 유머가 다채롭게 어우러진 네 편의 청소년소설을 엮었다. 삭막한 현실 속에서도 당당히 자신의 길을 가는 청소년들의 이야기가 매력적이다.
★제12회 푸른문학상 수상작

71. 우리는 가족일까 유니게 지음

5년 만에 엄마의 부고와 함께 미국에서 돌아온 동생으로 인해 방황하는 열일곱 살 소녀의 성장기를 그렸다. 고통스러운 시간을 함께 이겨 내는 가족의 소중함을 다시금 일깨워 준다.
★한국출판문화산업진흥원 선정 세종도서 ★서울시교육청 어린이도서관 청소년 권장도서

72. 사과를 주세요 진 희 외 지음

꿈과 현실 사이에서 당차게 자신의 길을 찾아 나선 청소년들의 삶을 이야기하는 네 편의 청소년소설이 실려 있다. 찬란하게 빛나는 청소년들의 굳건한 의지와 신념이 유쾌하고 따뜻한 시선으로 그려진다.
★제13회 푸른문학상 수상작 ★한국출판문화산업진흥원 선정 세종도서

73. 신라 공주 파라랑 김정 지음

고대 페르시아 서사시「쿠쉬나메」의 시공간을 배경으로 한 역사소설. 낯선 이국 땅 페르시아로 건너가 사랑으로 고난을 극복하는 신라 공주 파라랑의 삶은 희망이라는 인간 본연의 메시지를 전한다.
★제1회 푸른문학상 수상작가　★학교도서관저널 추천도서

74. 옥상에서 10분만 조규미 지음

제10회 푸른문학상 수상작가의 첫 청소년소설집으로, 관계 속에서 사소한 말이나 장난이 큰 사건이 되어 돌아왔을 때 겪게 되는 고민과 갈등을 섬세하게 다룬 소설 다섯 편을 묶었다.
★제10회 푸른문학상 수상작가　★아침독서 청소년 추천도서　★학교도서관사서협의회 추천도서

75. 별에서 별까지 신형건 지음

지난 30여 년간 아이들과 어른들 모두에게 사랑받는 동시를 써 온 시인의 작품 중 특별히 청소년들에게 공감을 살 만한 시들을 골라 엮었다. 자극적이지 않은 언어로 마음을 어루만지는 청소년시집.
★대한민국문학상 수상작가　★한국출판문화산업진흥원 청소년 권장도서

76. 뱅뱅 김선경 지음

어른들은 몰라서 더 재미있는 진짜 우리 이야기, 지금 청소년들의 속마음을 거침없이 그려 낸 개성 강한 청소년시집. 긴 방황의 끝에서 진정한 자신을 찾기를 바라는 시인의 바람이 담겼다.
★어린이도서연구회 청소년 권장도서　★아침독서 청소년 추천도서　★학교도서관사서협의회 추천도서

77. 우리들의 실연 상담실 이수종 지음

실연 극복 프로젝트에 참가하는 다섯 명의 아이들이 서로를 보듬으며 사랑의 아픔을 극복하는 과정을 담았다. 청소년들의 마음결을 다독이는 위로의 목소리는 다시 사랑할 에너지를 불어넣는다.
★제12회 푸른문학상 수상작가　★학교도서관사서협의회 추천도서

78. 연애 세포 핵분열 중 김은재 지음

꽃보다 아름다운 열일곱 살 청춘들이 진정한 사랑을 찾기 위해 나섰다. 아름다운 사랑을 꿈꾸지만, 사랑에 서툴러 좌충우돌, 고군분투하는 청소년들의 성장을 그린 여섯 편의 청소년소설을 한데 엮었다.
★제13회 푸른문학상 수상작가　★학교도서관저널 추천도서　★아침독서 청소년 추천도서

79. 데이트하자! 진희 지음

옴니버스 형식으로 구성된 다섯 편의 단편으로 이야기의 구조적 완결성과 섬세한 심리 묘사가 뛰어나다. 청소년 특유의 발랄한 일상과 그 안에 깃든 고민, 성장통을 따뜻한 시선으로 담아냈다.
★제13회 푸른문학상 수상작가　★학교도서관저널 추천도서　★울산남부도서관 올해의 책

80. 세 번의 키스 유순희 지음

현대 미디어의 중심이 된 '아이돌'과 그들의 일거수일투족을 놓치지 않으려는 '사생팬'의 심리를 날카롭게 포착했다. 언제든 다시 출발선에 설 수 있는 청춘의 무한한 가능성을 깨닫게 한다.
★제8회 푸른문학상 수상작가　★국어 교과서 수록작가

81. 파란 담요 김정미 지음

아픔과 방황을 저마다의 방식으로 치유해 나가는 모습을 그린 여섯 편의 가슴 따뜻한 이야기가 담겨 있다. 어떤 어려움 속에서도 결코 포기하지 않고 성장을 이루어 내는 주인공들의 이야기가 진한 감동을 선사한다.
★제12회 푸른문학상 수상작가